행복해서
행복한
사람들

HEUREUX, LES HEUREUX
by Yasmina REZA

Copyright © FLAMMARION S.A., Paris, 2013
Korean Translation Copyright © 2014 by Mujintree

This Korean edition was published by arrangement with FLAMMARION S.A. through
Bestun Korea Agency Co., Seoul

이 책의 한국어판 저작권은 베스툰 코리아 에이전시를 통해
저작권자와 독점 계약한 ㈜뮤진트리에 있습니다.
저작권법에 의해 한국 내에서 보호를 받는 저작물이므로
무단 전재와 무단 복제를 금합니다.

행복해서 행복한 사람들

Heureux les heureux

야스미나 레자 | 김남주 옮김

muʃintree
뮤진트리

- 일러두기

저자의 요청으로 원서와 같이 행갈이나 대화, 지문을 구분하지 않았습니다.

모이라에게

"사랑받는 이들과 사랑하는 이들,
사랑 없이 살 수 있는 이들은 행복하다. 행복한 사람들은 행복하다."
—호세 루이스 보르헤스

로베르 토스카노

우리는 주말을 위해 슈퍼마켓에서 장을 보는 중이었다. 어느 순간 그녀가 내게 말했다. 내가 식품을 고를게, 당신은 치즈 매대에 가서 줄 좀 서줘. 치즈를 갖고 돌아와 보니 시리얼, 비스킷, 가루식품 봉지들, 디저트 크림 같은 것들로 카트의 절반이 차 있었다. 이게 다 뭐야? 내가 말했다. 이게 다 뭐냐니, 그게 무슨 말이야? 그녀가 물었다. 이것들을 뭐하러 사느냐고? 아이들이 있잖아, 로베르. 그 애들은 크뤼슬리 시리얼을 좋아해. 나폴리탱 케이크를 좋아하고. 킨더 부에노 초콜릿이라면 사족을 못 쓴다고. 그녀가 내게 상자들을 들어 보이며 말했다. 설탕과 지방 덩어리들을 아이들에게 먹이다니 말도 안 돼. 이런 걸로 카트를 채우다니 말도 안 돼. 그녀가 물었다. 무슨 치즈 샀어? 크로탱 드 사비뇰 한 덩이와 모르비에 하나. 그녀가 소리쳤다. 그뤼에르는 안 산 거야? 깜빡 잊었어. 하지만 다시 가진 않을래. 사람이 너무 많아. 치즈 가운데 딱 하나만 사야 한다면 그뤼에르를 사야 한다는 것쯤은 당신도 잘 알잖아. 우리집에서 누가 모르비에를 먹어? 누가 먹느냐고? 내가 먹지. 당신이 언제부터 모르비에를 먹었는데? 도대체 누가 모르비에를 먹고 싶어 하느냐고? 그만해, 오딜. 누가 이 빌어먹을 모르비에를 좋아하냐니까?! 그 말에는 '당신 어머니만 빼고'라는 속뜻이 담겨 있었다. 최근 어머니가 모르비에 덩이 속에서 나사 하나가 나왔다고 말했던 것이다. 내가 말했다. 당신은 지금 고함을 지르고 있어, 오딜. 그녀가 카트를 거칠게 밀면서 그 안에 밀카 밀크초콜릿 묶음 세 덩이를 던져 넣었다. 나는 그것들을 집어 매대에 도로 가져다두었다. 그녀가 나보다 더 재빨리 그것들을 다시 카트에 넣었다. 내가 말했다. 나, 갈래. 그녀가 대답했다. 가, 가라고. 당신은 가겠다는 말밖에 할 줄 모르지. 그게 당신이 할 수 있는 유일한 대답이야. 대답이 궁색해지면 당장 가겠다고 하지. 생각도 안 해보고 어이없게도 그런 협박을 한다고. 내가 가겠다는 말을 자주 하는 건 사실이다. 그건 인정한다. 하지만 어떻게 그러지 않을 수 있겠는가. 하고 싶은 게 그뿐인데. 즉각 그 자리를 벗어나는 것밖에 해결책이 보이지 않는데 말이다. 하지만 내가 그 말을, 그렇다. 최후통첩이라도 하는 것처럼 강조한다는 건 인정한다. 좋아, 이제 살 건 다 산 거지. 내가 카트를 앞으로 밀면서 단호한 태도로 오딜에게 말한다. 잡다한 것들 살 거 더 없지? 말을 그런 식으로밖에 못 해? 그런 식으로밖에 못 하겠느냐고? 가자. 제발 가자고! 이런 갑작스런 감정적 충돌만큼 나를 짜증나게 하는 것도 없다. 이럴 때면 모든 게 멈추고 모든 게 마비되어버린다. 물론 미안해라고 말할 수도 있다. 한 번만 말해선 안 된다. 기분 좋은 어조로 두 차례는 말해야 한다. 내가 그렇게 유순한 어조로 미안하다고 두 차례 말하면 사태가 수습

행복해서 행복한 사람들

될 수 있을 것이다. 다만 내가 그런 말을 하고 싶은 생각이 전혀 없다는 게 문제다. 그녀가 불행하고 모욕당한 모습으로 양념 매 대 한가운데 떡 버티고 서 있는 지금 같은 때 내 입에서는 도저 히 그런 말이 나오지 않는다. 계산대로 가자, 오딜, 부탁이야. 난 지금 더워죽겠어. 그리고 기사도 하나 끝내야 해. 내가 화를 억누르고 말한다. 잠깐만 하고 그녀가 말한다. 그녀가 그 잠깐 만을 평소의 억양으로 말했다면 나는 내 주장을 밀고 나갔을 것 이다. 하지만 그녀는 속삭이듯 말했다. 그 어조에는 순수하고 담담하며 특별한 그 무엇이 깃들어 있다. 내가 무시해버릴 수 없는 그 무엇이. "내가 이렇게 부탁하잖아. 흥분하지 말고 차분 한 어조로." 나는 최근 발견한 노래 〈소다지〉(서아프리카의 섬나 라 카부베르데의 여가수 세자리아 에보라가 부른 노래. 에보라는 포르 투갈과 브라질 음악의 영향을 받은 그 나라의 독특한 음악 '모르나'의 여왕으로 불린다−옮긴이)의 가사를 떠올린다. 그 노래를 최고 음 량으로 들으며 외곽도로를 전속력으로 달리는 내 모습을 떠올 린다. 포르투갈어로 된 그 노래에서 내가 알아들을 수 있는 것 은 줄곧 되풀이되는 고독이라는 단어와 목소리에 깃든 외로움 뿐이다. 그 단어의 진짜 의미는 실제로 고독이 아니라 향수, 결 핍, 회오, 우울, 그리고 그저 뭉뚱그려서 고독이라고 부르는 내 밀하고 공유 불가능한 그 무엇이지만 말이다. 사실 가족이 먹을 것이 담긴 카트, 기름과 식초 매대 앞의 공간, 네온 불빛을 받으며 자기 아내에게 사정을 하고 있는 남자, 이런 것들을 고독이라 부를 수 있지 않겠는가. 내가 말한다. 미안해. 미안해, 오딜. 오딜이 그 말을 귀담아들어주어야 할 필요는 없다. 물론이다. 오딜은 너그럽지 않다. 나는 조바심이 난다는 것을 강조하기 위해 '오딜'이라고 덧붙이긴 했지만 솔직히 그녀가 한 마디 말도 없이 장바구니 안에 핸드백을 남겨둔 채 발길을 돌려 두 팔을 흔들면서 냉장식품 쪽, 그러니까 상점 안쪽으로 가버릴 거라고는 예상하지 못했다. 지금 뭐 하는 거야, 오딜? 나는 2시간 내로 새로운 골드러시에 대해 아주 중요한 원고를 써야 해! 내가 소리친다. 정말 우스꽝스러운 말 아닌가. 그녀의 모습이 시야에서 사라졌다. 사람들이 나를 힐끔거린다. 나는 카트 손잡이를 움켜쥐고 상점 안쪽으로 간다. 그녀의 모습이 보이지 않는다(우호적인 상황에서도 그녀는 언제나 재빨리 모습을 감추는 재주가 있다). 내가 소리친다. 오딜! 그러고는 음료수 매대로 간다. 거기에도 없다. 오딜! 오딜! 내 행동에 주위 사람들이 불안해한다는 걸 느끼지만 아무래도 상관없다. 나는 카트를 밀며 매대 사이를 누빈다. 나는 정말이지 슈퍼마켓이 싫다. 그런데 문득 치즈 매대 앞 늘어선 줄에 서 있는 그녀의 모습이 보인다. 줄은 조금 전보다 더 길다. 그녀는 치즈를 사기 위해 줄을 서 있는 것이다!

행복해서 행복한 사람들

오딜! 내가 그녀 옆으로 가서 침착한 어조로 말했다. 오딜, 당신 차례가 오려면 20분은 걸릴 거야. 일단 여기서 나가서 다른 데서 그뤼에르 치즈를 사자. 대답이 없다. 그런데 그녀가 지금 도대체 뭘 하고 있는 건가? 그녀는 카트를 뒤져 내가 산 모르비에를 집어 든다. 설마 그걸 반품하려는 건 아니겠지? 내가 묻는다. 맞아. 그걸 어머니에게 드리자. 어머니가 최근 모르비에 안에서 나사를 발견했다고 했잖아. 내가 분위기를 부드럽게 할 생각으로 말한다. 오딜은 웃지 않는다. 그녀는 고행의 치즈 줄 속에 분개한 태도로 뻣뻣하게 서 있다. 어머니는 치즈 상인에게 따끔하게 말했던 모양이다. 난 트집 잡기 좋아하는 여자는 아니지만, 당신네 치즈의 명성을 생각해 한 마디 하면, 여기서 산 모르비에 안에서 나사못이 하나 나왔다우. 그 말에 상인은 혼이 나가서 어머니가 그날 고른 로카마두르 치즈 세 개를 공짜로 주는 것조차 잊은 모양이라고 했다. 어머니는 더 이상 불만을 표시하지 않고 치즈 값을 치렀노라고 자랑스럽게 말했다. 자신의 행동이 치즈 상인보다 훨씬 품위 있었다면서. 나는 오딜에게 다가가 낮은 목소리로 말한다. 셋을 세겠어, 오딜. 셋을 세겠다고. 알겠어? 어떤 이유에서인지는 몰라도 그렇게 말하면서 나는 친구 위트네르 부부를 떠올린다. 그들은 부부간의 평화를 도모하는 데 신경을 쓴 나머지 상대를 새롭게 '내 사랑'이라고 부른다.

"우리 오늘 저녁 멋진 식사를 합시다, 내 사랑" 하는 식이다. 그와는 정반대의 광기에 휩싸여 있던 그 순간 왜 내가 위트네르 부부를 떠올렸는지 모르겠다. 하지만 "우리 오늘 저녁 멋진 식사를 합시다, 내 사랑"과 "셋을 세겠어, 오딜"은 어쩌면 별 차이가 없는 것인지도 모른다. 두 경우 모두에 둘이 되기 위해 자기 존재를 수축시키려는 의도가 들어 있다. 내 말은, "멋진 식사를 합시다, 내 사랑" 속에는 더 이상 자연스러운 조화가 없다. 없고말고. 그래도 역시 큰 차이다. 나의 "셋을 세겠어"는 오딜의 얼굴에 경련과 입가 주름, 지을락 말락 하는 미소를 일으키게 만든다. 그 미소에 넘어가고 싶은 욕구가 아무리 강하더라도 확실한 청신호가 켜지지 않는 한 절대로 마음이 약해져서 안 되는 건 물론이다. 아무것도 보지 못한 것처럼 행동해야 한다. 나는 숫자를 세기 시작하기로 마음먹는다. 하나. 나는 속삭이듯, 하지만 또렷하게 숫자를 센다. 오딜 바로 뒤에 서 있는 여자가 2층 박스석 관객이라도 되는 것처럼 우리를 구경한다. 오딜이 구두 끝으로 버려진 물건 포장지를 민다. 줄은 점점 더 길어질 뿐 줄어들 줄을 모른다. 이제 나는 둘을 세야 한다. 둘. 내가 말한다. '둘'에는 관대하게도 충분한 시간을 둔다. 오딜 뒤에 서 있는 문제의 여자가 우리에게 바짝 몸을 붙인다. 여자는 부드러운 펠트 천으로 된, 뒤집힌 양동이 같은 모자를 쓰고 있다. 나는 이런 종류의 모자를 쓰고 다니는 여자들이 싫다. 그 모자는 아주 고약한 신호다. 나는 사람을 1미터쯤 뒷걸음치게 만들 만한 기운을 눈길에 담아 그 여자를 쏘아보지만 효과가 없다. 그 여자는 줄곧 호기심어린 눈길로 나를 바라보며 아래위로 훑어본다. 이 지독하게 고약한 냄새가 혹시 그녀에게서 나는 것은 아닐까? 옷을 껴입는 여자들에게서는 종종 냄새가 나지 않는가? 그런 경우 발효된 유제품에서 나는 것과 비슷한 냄새가 나지만 말이다. 윗옷 안주머니에 들어 있던 휴대전화에서 진동음이 울린다. 안경을 찾을 여유가 없었던 나는 화면에 뜬 상대의 이름을 읽기 위해 미간을 찌푸린다. 분데스방크의 금 보유분에 대한 정보를 내게 줄 수 있는 협력자다. 나는 그에게 내가 지금 사람을 만나고 있으니 내용을 메일로 보내달라고 말한다. 그 전화가 좋은 기회가 될 수 있을 듯하다. 나는 몸을 기울여 오딜의 귀에 대고 책임감 넘치는 목소리로 속삭인다. 편집장이 중대한 비밀인 독일의 금 보유분에 대한 박스 기사를 원하는데, 지금 내게는 그에 관한 정보가 전혀 없다고. 그녀가 물었다. 그게 나랑 무슨 상관인데? 그러더니 양쪽 입꼬리를 아래로 내리며 어깨를 으쓱거린다. 그 주제가 하찮다는 것을 알려주려는 것이다. 더 심각하게는 내 일의 하찮음, 내 전반적인 노력의 하찮음을 깨닫게 하려는 것이다. 내게는 더 이상 기대할 것이 없다는 듯이, 내 희생에 대한 의식조차 바랄 수 없다는 듯이. 여자들은 상대를 제압하기 위해 모든 걸 이용한다. 여자들은 상대에게 그가 기대에 못 미치는 존재라는 사실을 환기시키기를 좋아한다. 치즈 줄에서 오딜의 차례가 가까워진다. 그녀가 핸드백을 집어든다. 여전히 모르비에를 손에 단단히 쥐고 있다. 나는 덥다. 숨이 막힌다. 여기서 나가고 싶다. 우리가 도대체 여기서 뭘 하고 있는지, 문제가 무엇인지 더 이상 알 수가 없다. 내 기사 속 영웅인 금 탐사자 그레이엄 보어가 떠오른다. 그처럼 스키를 타고 캐나다 서부를 누비며 허리까지 오는 나무들을 표지 삼아 꽁꽁 언 골짜기 속에 말뚝이나 박으며 살고 싶다. 이 보어란 사람에게도 아내와 아이들이 있을까? 육식성 불곰도 겁내지 않고 영하 30도 이하의 추위도 거뜬히 견뎌내는 남자도 다들 장보는 시간에 슈퍼마켓에서 어슬렁거리는 평범한 일상을 피할 수는 없는 것일까? 이 네온사인과 수많은 물건으로 가득 찬 복도를 의기소침해하지 않고 돌아다닐 수 있는 사람이 과연 있을까? 사시사철 원하든 원하지 않든 이곳으로 되돌아와 점점 더 고압적이 되어가는 여자의 명령에 따라 똑같은 카트를 끌어야 한다. 내 장인어른 에른스트 블로는 오래전 아홉 살짜리 우리 아들에게 이렇게 말한 적 있다. 네게 새 만년필을 사주마. 그럼 너는 그 만년필로 손가락에 잉크 얼룩을 만들겠지. 앙투안이 대답했다. 그러실 필요 없어요. 저는 만년필이 없어도 행복한걸요. 그거 굉장한 비결이구나. 장인이 대답했다. 그는 아이의 말을 최소한의 것으로 행복해질 수 있다는 의미로 받아들였다. 장인은 그의 기질과는 서로 반대되는 이런 허무맹랑한 격언들을 잘도 만들어낸다. 그는 자신의 잠재 생명력(행복이라는 단어 같은 건 잊어버리자)이 조금이라도 떨어지는 것을 결코 용인하지 않고 살았다. 심장동맥수술 후 서서히 회복되면서 평생 해본 적 없는 집안일과 재활치료를 해야 할 상황이 되자 그는 신이 자신을 꼭 집어 쓰러뜨렸다고 여기는 것 같았다. 오딜, 내가 셋을 세면, 셋이라는 숫자를 입 밖에 내는 순간, 당신은 더 이상 내 모습을 볼 수 없을 거야. 차를 타고 가버릴 거거든. 당신과 카트를 여기 내버려두고 말이야. 그녀가 응수했다. 그럼 정말 놀랍겠는걸. 정말로 놀랄 일이지. 그런데 그게 이제 곧 내가 할 일이거든. 당신은 차를 타고 갈 수 없어, 로베르. 열쇠는 내 가방 안에 있으니까. 나는 열쇠를 찾아 이 주머니 저 주머니를 뒤진다. 열쇠를 보관한 것이 내 자신이기 때문에 더더욱 한심하다. 열쇠 이리 내, 부탁이야. 오딜이 씩 웃는다. 그녀는 가방끈을 어깨에 가로질러 메고는 치즈 진열대 앞으로 다가선다. 나는 앞으로 가서 그녀의 가방을 잡아당긴다. 오딜이 저항한다. 나는 가방끈을 잡는다. 그녀가 반대 방향으로 끈을 잡아당긴다. 거의 재미있어하는 표정이 아닌가! 나는 가방 뒤쪽을 움켜쥔다. 다른 상황에서라면 별 어려움 없이 그녀에게서 가방을 빼앗을 수 있었을 것이다. 그녀가 웃는다. 그러면서 가방을 놓치지 않으려 힘을 준다. 그녀가 말한다. 셋은 왜 안 세? 어째서 셋을 세지 않느냐고? 그녀의 말이 내 신경을 긁는다. 그리고 가방 속에 있는 차 열쇠도 내 신경을 긁는다. 하지만 나는 그런 때의 오딜이 좋다. 웃고 있는 그녀를 보는 게 좋다. 내가 막 힘을 풀고 짓궂은 장난을 치려는 순간, 우리 바로 옆에서 킥킥거리는 웃음소리가 들린다. 펠트 천 모자를 쓴 조금 전 그 여자가 전혀 거북해하지 않고 같은 여자라는 공감에 취해 대놓고 웃음을 터뜨린 것이다. 그래서 내게는 선택의 여지가 없어진다. 나는 거칠어진다. 오딜을 두꺼운 투명 플라스틱으로 된 진열장에 밀어붙이고 열린 가방 속으로 손을 넣으려 애쓴다. 그녀가 저항하면서 내가 너무 힘을 주어서 아프다고 투덜댄다. 내가 말한다. 열쇠 내놔, 제기랄. 그녀가 응수한다. 당신은 변태야. 난 그녀의 손에서 모르비에 치즈를 잡아채 바닥에 내동댕이친다. 뒤죽박죽인 가방 속에서 열쇠가 손에 닿는 게 느껴진다. 열쇠를 꺼낸 나는 오딜을 잡은 손에 힘을 늦추지 않은 채 그녀의 눈앞에 대고 그것을 흔든다. 내가 말한다. 우리 당장 여기서 나가자. 모자 쓴 여자는 이제 겁에 질려 있다. 내가 그 여자에게 말한다. 당신 이제 안 웃는군요. 왜 안

웃습니까? 나는 오딜과 카트를 잡아끌며 상품 진열대를 따라 출구 계산대 쪽으로 간다. 나는 오딜이 아무 저항도 하지 않는데도 그녀의 손목을 단단히 붙잡고 있다. 고약하게 계산된 무저항이다. 저항하는 그녀를 끌고 가야 하는 편이 나로서는 더 좋았을 것이다. 그녀가 순교자 같은 태도를 보이고 있는 동안 계산을 치러야 하는 일이 늘 반복되는 것이다. 계산대 앞에는 당연히 긴 줄이 늘어서 있다. 우리는 길고 긴 줄의 마지막에 가서 선다. 한 마디 말도 나누지 않은 채. 나는 오딜의 팔을 놓아준다. 이제 그녀는 지극히 정상적인 고객처럼 행동한다. 카트 속 물건을 운반하기 쉽게 정리하기까지 한다. 주차장에 도착해서도 우리는 한 마디도 나누지 않는다. 자동차 안에서도 마찬가지다. 어둠이 내린다. 거리의 불빛에 졸음이 찾아온다. 나는 예의 그 포르투갈 노래 시디를 건다. 같은 단어를 끝없이 되풀이하는 여가수의 목소리가 흘러나온다.

마르그리트 블로

결혼생활 초기에 우리가 여름마다 가던 호텔에서 매년 보는 여자가 있었다. 반백의 머리카락을 스포츠형으로 커트한 쾌활하고 우아한 여자였다. 그 여자는 동에 번쩍 서에 번쩍, 이 그룹 저 그룹으로 옮겨 다니며 매일 저녁 다른 이들과 저녁식사를 했다. 저녁 무렵 우리는 종종 그녀가 책 한 권을 들고 앉아 있는 것을 볼 수 있었다. 그녀는 살롱 한쪽 구석에 자리를 잡고 오가는 이들을 지켜보았다. 그러다가 조금이라도 아는 얼굴이 나타나면 얼굴을 환하게 밝히며 가지고 있던 책을 손수건 삼아 흔들었다. 어느 날 그녀는 키가 크고 가무잡잡한 피부에 얇고 가벼운 주름치마를 입은 여자와 함께 나타났다. 이후 두 사람은 항상 함께였다. 그들은 호수를 바라보며 점심식사를 했고, 테니스를 쳤으며, 카드 게임을 했다. 그 여자가 누구냐는 내 물음에 누군가 돌보미라고 대답했다. 나는 그 말을 일반적인 단어로, 그러니까 특별한 의미가 담기지 않은 것으로 받아들였다. 그 두 여자는 매년 같은 시기에 모습을 나타냈고, 그럴 때면 나는 저기 콩팽 부인과 그녀의 돌보미가 있군 하고 생각했다. 그리고 개 한 마리가 있었다. 그들은 번갈아 그 개의 목줄을 잡았지만 개의 주인은 콩팽 부인임이 분명했다. 아침마다 셋이 산책하는 것을 볼 수 있었다. 개가 앞으로 나서서 그들을 끌어당기면 그들은 온갖 어조를 동원해 이름을 부르며 개를 통제하려 했지만 소용없었다. 올겨울, 2월, 그러니까 그로부터 오랜 세월이 흐른 뒤 나는 이미 성인이 된 아들과 산으로 여행을 왔다. 그 애는 당연히 친구들과 스키를 타고 나는 걷는다. 나는 걷는 게 좋고 숲이 좋으며 정적이 좋다. 호텔에서 산책길을 가르쳐주었지만 너무 먼 것 같아 나로서는 가볼 엄두조차 낼 수 없었다. 혼자 산이나 눈 속을 너무 멀리 걸을 수는 없다. 나는 웃으면서 프런트에 메모라도 붙여야겠다고 생각했다. 혼자인 여자가 함께 걸을 유쾌한 사람을 찾습니다라고. 그러자 즉각 콩팽 부인과 그녀의 돌보미가 떠올랐고 비로소 '돌보미'라는 단어의 뜻을 이해할 수 있었다. 그걸 깨닫자 나는 겁에 질렸다. 당시 콩팽 부인은 약간 정신이 온전치 않아 보였던 것이다. 그녀가 사람들과 웃고 있을 때조차도 그랬다. 그 생각을 하면서 나는 아마도 웃고 있을 때의 그녀, 저녁에 멋지게 차려입은 그녀를 떠올렸던 것 같다. 나는 나도 모르게 아버지가 계신 곳, 다시 말해 하늘을 향해 고개를 들고 이렇게 중얼거렸다. "아빠, 난 콩팽 부인처럼 되고 싶진 않아요!" 내가 아버지에게 말을 건 것은 아주 오랜만이었다. 아버지가 돌아가신 후 나는 그에게 내 삶에 개입해줄 것을 청한다. 하늘을 바라보며 은밀하지만 격한 어조로 말한다. 무력감을 느낄 때 말을 걸 수 있는 사람은 아버지뿐이다. 나는 아버지를 제외하면 저 위에서 내게 관심을 가져줄 사람을 알지 못한다.

행복해서 행복한 사람들

신에게 이야기를 해볼까 하는 생각 같은 건 한 번도 하지 않았다. 신을 번거롭게 해서는 안 된다는 게 나의 변함없는 생각이다. 신에게는 직접 이야기할 수가 없다. 신은 개개의 경우에까지 관심을 가질 시간이 없을 것이다. 아주 예외적으로 심각한 경우라면 가능할지도 모르겠다. 중요도로 볼 때 내 간청은 좋게 보아도 하찮을 것이다. 친구 폴린이 자기 어머니에게서 물려받은 목걸이를 무성한 수풀 속에서 잃어버렸다가 찾았을 때 느꼈던 감정과 비슷하다. 마을을 지나가게 되자 그 애의 남편이 차를 멈추고 성당으로 달려갔다. 문이 닫혀 있었다. 그가 미친 듯이 자물쇠를 흔들기 시작했다. 당신 도대체 뭐 하는 거야? 목걸이 찾은 것에 대해 신에게 감사드리고 싶어서 그래 하고 그가 대답했다. 신은 그런 건 신경도 안 써! 그럼 성모 마리아께 감사드리고 싶어. 이것 봐, 에르베, 만약 신이 있다 해도, 만약 성모 마리아가 있다 해도, 우주와 지상에 널려 있는 불행들과 현재 벌어지고 있는 모든 일을 감안할 때, 내 목걸이가 그들에게 어느 정도나 중요할 것 같아?! … 그래서 나는 그보다 좀더 접근하기 쉬운 아버지에게 청하기로 한다. 내가 아버지께 구하는 도움은 매우 구체적이다. 아마 상황 때문에 구체적인 것을 원하는 것이겠지만 내심 아버지의 능력을 가늠해보기 위해서이기도 하다. 내가 청하는 도움은 항상 같다. 그 사람을 움직여달라고

탄원하는 것이다. 하지만 효과가 없다. 아버지가 내 말을 듣고 있지 않는가, 아무 힘도 갖고 있지 못한 모양이다. 죽은 이들에게 아무 힘도 없다면 안타까운 일 아닌가. 이 세상과 저 세상이 이런 식으로까지 완전히 분리되어 있다는 걸 나는 인정할 수 없다. 때때로 나는 아버지가 예언자처럼 모든 걸 알고 있다고 단정한다. 나는 생각한다. 그가 네 요청을 들어주지 않는 건 그것들이 네 행복에 도움이 안 되기 때문인지도 몰라. 그런 생각은 내 신경을 곤두서게 한다. 나는 이렇게 말하고 싶다. 무슨 말을 하는 거야. 적어도 나는 아버지의 침묵을 의도적 행동으로 여길 수 있다. 내가 마지막으로 열중했던 남자 장가브리엘 비가렐로와 관련해 일어난 일 때문이다. 장가브리엘 비가렐로는 내가 에스파냐어 교사로 일하고 있는 카미유생상스 고등학교의 동료 수학 교사다. 떨어져서 생각해보니 아버지가 틀리지 않은 것 같다. 하지만 거리를 두고 본다는 게 뭐겠는가? 늙는다는 거 아니겠는가. 아버지가 믿는 천상의 가치들은 나를 화나게 한다. 곰곰 생각해보면 그것은 극히 부르주아적이다. 살아 계실 때 아버지는 별자리와 유령이 출몰하는 집과 온갖 비의적인 것들을 믿었다. 평생 신앙을 가지고 있지 않다는 것을 자랑으로 삼았던 에른스트 오빠는 요즘 날이 갈수록 아버지를 닮아간다. 최근 나는 그가 이렇게 설명하는 걸 들었다. 별들은 영향을 끼칠 뿐 사람의 운명을 좌우하지는 않아. 나는 잊고 있었지만 그건 아버지가 무척 좋아하던 말이었다. 아버지는 그 말에 반위협적인 어조로 프톨레마이우스의 이름을 덧붙였다. 나는 생각했다. 만약 별들이 인간의 운명을 좌우하지 않는다면 아빠가 임박한 미래에 대해 알 수 있는 게 뭐죠? 내가 장가브리엘 비가렐로에게 관심을 가진 건 그의 눈 때문이었다. 그는 헤어스타일 때문에 눈에는 시선이 잘 가지 않는 그런 사람이었다. 긴 머리카락이 이마를 뒤덮은 그 헤어스타일은 흉한 동시에 그 나이대의 사람에게 전혀 어울리지 않았다. 그 헤어스타일을 보자마자 나는 생각했다. 이 남자의 아내는 자기 남편 외모에 관심이 없군(물론 그는 결혼한 남자였다). 보통은 60세가 다 되어가는 남편이 그런 헤어스타일을 하게 내버려두지 않는다. 무엇보다도 그는 머리카락으로 눈을 가리지 말라는 충고를 들을 만했다. 청회색의 변화무쌍한, 고지의 호수처럼 반짝이는 눈이었다. 어느 날 밤, 나는 그와 단둘이 마드리드의 한 카페에 앉아 있었다(우리는 세 학급의 학생들을 데리고 마드리드에 머물고 있는 중이었다). 내가 용기를 내어 그에게 말했다. 당신 눈은 정말 감미로워요, 장가브리엘. 그런 화제를 꺼내다니 정말 정신 나간 짓이었다. 이런 말을 하고 카르타 데 오로를 한 병 마신 후 자연스럽게 우리는 내 방으로 왔다. 내 방은 뜰로 향해 있었는데, 뜰 안에서 고양이들이 울어댔다. 루앙으로 돌아오자마자 그는 평소의 생활로 돌아갔다. 우리는 아무 일도 없었다는 듯이 학교 복도에서 스쳐 지나갔다. 왼쪽 손에 서류철을 들고 같은 쪽으로 몸을 기울인 그는 언제나 바빠 보였고 반백의 머리카락은 그 어느 때보다도 부스스했다. 나는 남자들이 사귀던 여자에게 이런 식으로 말없이 시치미를 떼는 것은 매우 비열하다고 생각한다. 결과야 어찌 되었든 일시적으로 중단되었던 실존이 이어지는 것이 당연하다는 것을 그 여자에게 환기시켜야 한다는 듯이. 나는 생각했다. 그의 캐비닛 속에 메모를 한 장 남겨야겠어. 마드리드의 추억이 담겨 있는, 뜬금없지만 재치 있는 한 마디를. 어느 날 나는 그가 출근했다는 것을 확인하고 메모를 한 장 남겼다. 답장이 없었다. 그날도, 그 이후 며칠 동안도. 마치 아무 일도 없는 듯이 우리는 서로 인사를 하며 지나쳤다. 슬픔 같은 감정이 복받쳤다. 딱히 사랑의 슬픔이라고는 할 수 없었다. 그건 아니었다. 그건 남겨진 이가 느끼는 슬픔이었다. "세상에는 더 이상 마법 같은 건 없다. 사람들이 당신은 남겨두고 떠났다"로 시작하는 보르헤스의 시가 있다. 보르헤스는 '남겨둔다'라는 일상의 단어, 어떤 소란도 일으키지 않는 말을 쓴다. 누구든 당신을 두고 갈 수 있다. 비틀스 헤어스타일을 50년 늦게 하고 있는 장가브리엘 비가렐로마저도. 나는 아버지에게 중재를 요청했다. 그러면서 또 다른 단어,

한 문장을 적은 메모를 남겼다. 나를 완전히 잊지는 말아요. 마르그리트. 그의 우려를 불식시키기에 '완전히'라는 말이 이상적이라고 생각했다. 혹시 그가 불안해한다면 말이다. 익살스러운 어조로 가볍게 환기시키는 것이다. 나는 아버지에게 말했다. 나는 그를 좋은 낯으로 대해요. 하지만 아무 일도 일어나지 않고 이제 전 곧 할머니가 될 거예요. 나는 아버지에게 말했다. 전 오후 5시에 학교에서 퇴근해요. 지금 오전 9시예요. 그러니까 아버지가 장가브리엘 비가렐로에게 영감을 주어서 매혹적인 답장을 쓰게 만들 수 있는 8시간의 여유가 있어요. 그가 그 메모를 제 캐비닛이나 휴대전화에 남겨두게 할 여유 말이에요. 하지만 아버지는 새끼손가락 하나 까딱하지 않았다. 거리를 두고 상황을 볼 수 있게 되자 나는 아버지가 옳다고 생각했다. 아버지는 나의 얼토당토않은 열정을 인정해준 적이 없었다. 그가 옳다. 사람은 타인들 가운데 몇몇 얼굴을 선택하고 시간 속에 다른 것과 구별되는 표지標識들을 만들어낸다. 모두가 뭔가 이야기할 것을 가지고 싶어한다. 과거에 나는 앞날에 대해 깊이 생각하지 않고 삶에 뛰어들었다. 콩팽 부인은 틀림없이 우스꽝스러운 열정을 지닌 부류였을 것이다. 그녀가 혼자 그 호텔에 왔을 때 그녀는 여러 개의 짐 가방을 가지고 왔다. 매일 저녁 우리는 다른 드레스에 다른 헤어스타일을 하고 있는 그녀를 보았다. 그녀는 립스틱을 앞니에까지 칠했는데, 그게 그녀의 우아함의 일부이기도 했다. 그녀는 이 테이블에서 저 테이블로 돌아다니며, 이그룹 저 그룹과 잔을 기울이고 아주 쾌활하게 대화를 나누었다. 특히 남자들과 그랬다. 당시 나는 남편, 아이들과 함께였다. 덥고 작은 방, 그곳에서 우리는 세상을 바라본다. 콩팽 부인은 나방처럼 둥둥 떠다녔다. 희미할지라도 빛이 새어들기만 하면 콩팽 부인은 어떤 구석에라도 레이스 같은 날개를 파득거리며 다가갔다. 어린 시절 이후 나는 머릿속으로 시간의 공연을 관람한다. 나는 한 해를 등변사다리꼴로 본다. 겨울은 위쪽, 아주 또렷하고 반듯한 선이다. 가을과 봄은 스커트처럼 균형이 잡혀 있다. 그리고 여름은 언제나 길고 평평한 바닥이었다. 이제는 그 모서리들이 부드러워져서 형태가 더 이상 확실하지 않은 것 같다. 이건 무슨 신호일까? 나는 콩팽 부인 같은 부류가 될 수는 없다. 아버지에게 진지하게 이야기하련다. 이번이야말로 아버지가 나를 위해 모습을 나타낼 유일한 기회라고 말하련다. 아버지에게 내 삶의 형태를 재편해달라고 청하련다. 그건 그리 간단하고 쉬운 일이 아닐 것이다. 나는 그에게 이렇게 말할 채비가 되어 있다. 내 삶에 유쾌한 누군가를 보내주실 수 있어요? 그와 더불어 웃을 수 있는, 걷기를 좋아하는 누군가를요. 아버지는 분명히 적당한 사람을 알고 계실 거예요. 구식 외투 속에 말끔히 접은 머플러를 두르고 든든한 팔로 나를 안아줄 사람, 나를 눈 속으로, 숲 속으로 데려가 함께 길을 잃지 않고 산책할 그런 사람 말이에요.

오딜 토스카노

모든 게 그의 신경에 거슬리는 모양이다. 견해, 사태, 사람들 모두가. 고약하게 끝나지 않고서는 더 이상 빠져나올 도리가 없다. 결국 나는 가자고 그를 설득하지만 그래 놓고는 거의 항상 후회한다. 우리는 어리석은 농담에 열을 올리는 사람들로부터 빠져나와 층계참에 이르러서는 함께 웃음을 터뜨린다. 하지만 승강기에 타자마자 냉랭한 기운이 둘 사이에 자리 잡는다. 언젠가는 이 침묵을 분석해보아야 할 것이다. 특히 사람들에게 안락한 모습, 인기에 영합하고 싶은 마음과 스스로에 대한 거짓말을 혼합해 만들어낸 모습을 과시한 다음 한밤중에 집으로 돌아갈 때 자동차 안에서 찾아오는 그 침묵을. 그 침묵은 라디오 소리조차 참아내지 못한다. 이 무언의 대치에서 누가 감히 라디오를 켤 수 있을까? 오늘 밤 내가 옷을 갈아입는 동안 로베르는 언제나처럼 아이들 방으로 간다. 나는 그가 무엇을 하는지 알고 있다. 그는 아이들이 숨을 쉬고 있는지 확인한다. 몸을 앞으로 기울여 한동안 아이들이 죽지 않았다는 것을 확인한다. 그런 다음 우리는 둘 다 욕실로 간다. 서로 아무 말도 나누지 않는다. 그는 이를 닦고 나는 화장을 지운다. 그가 변기로 간다. 이어 방안 침대 위에 앉아 있는 그의 모습이 보인다. 그는 자신의 블랙베리로 이메일을 확인하고 알람을 맞춘다. 그러고는 이불 속으로 들어가서 즉각 자기 쪽 전등을 끈다. 나는 침대의 다른 쪽으로 가서 앉아 알람을 맞추고 손에 크림을 바른 다음 수면제 스틸녹스를 한 알 삼키고 나이트 테이블 위에 귀마개와 물 한 컵을 올려놓는다. 쿠션의 위치를 바로잡은 뒤 안경을 끼고 편히 앉아 책 읽을 채비를 한다. 내가 책을 읽기 시작하자마자 로베르가 감정이 섞이지 않은 어조로 말한다. 제발 불 좀 꺼줘. 레니 그로브 집의 층계참 이후 그가 처음으로 하는 말이다. 나는 대답하지 않는다. 잠시 후 그는 몸을 일으키더니 머리맡의 전등을 끄려고 내게 반쯤 몸을 기울인다. 이윽고 그는 내 쪽의 전등을 끈다. 나는 어둠 속에서 그의 팔과 등을 더듬어 찾아 몇 차례 두들겨준 다음 다시 불을 켠다. 로베르가 말한다. 난 벌써 사흘 밤을 못 잤어. 당신은 내가 죽기라도 했으면 좋겠어? 나는 책에서 눈을 떼지 않고 말한다. 스틸녹스 한 알 먹어. 그 빌어먹을 수면제 같은 건 안 먹어. 그럼 불평하지 마. 나 피곤해, 오딜… 불꺼. 불 좀 끄라고, 제기랄. 그가 이불 아래서 몸을 움츠린다. 나는 책에 집중하려고 애쓴다. 나는 생각한다. 로베르 입에서 나오는 '피곤해'라는 말이야말로 그 무엇보다도 우리를 멀어지게 만드는 일등공신이 아닐까. 나는 그에게 실존적인 의미를 부여하고 싶지 않다. 우리가 문학 작품 속의 주인공을 인정하는 건 그가 가정생활을 함께하는 남편이 아니라 어둠의 영역 속에 물러나 있기 때문이다. 로베르가 자기 쪽 전등을 켜더니 갑자기 지나치게 세게 이불을 젖히고 침대 가장자리에 일어나 앉는다. 뒤도 돌아보지 않고 그가 말한다. 난 호텔로 갈래. 나는 아무 말도 하지 않는다. 그는 움직이지 않는다. 나는 같은 부분을 일곱 번째 읽고 있다. "게로르는 누더기가 된 덧창으로 아직까지 들어오는 빛을 통해 의자형 변기 아래 누워 있는 개와 칠이 비늘처럼 벗겨지는 에나멜 세면대를 바라보았다. 맞은편 벽 위에서 한 남자가 서글픈 눈빛으로 그를 바라보고 있었다. 게로르는 거울에 얼굴을 가져다대었다…." 게로르가 누구더라? 로베르가 몸을 앞으로 기울인 채 내게 등을 돌리고 있다. 그런 자세로 그가 무거운 어조로 말한다. 내가 무슨 짓을 한 거지? 말이 너무 많았지? 내가 공격적인가? 술을 너무 마시나? 이중 턱이 된 것 같지 않아? 자, 말 좀 해봐. 오늘 밤 어땠어? 당신이 말이 너무 많은 건 분명해 하고 내가 말한다. 오늘 밤은 정말 짜증스러웠어. 지겹고. 사실 그다지 좋진 않았어. 지긋지긋했다니까. 그 레미 그로브란 작자는 뭐 하는 사람이래? 그 사람 컨설턴트야. 컨설턴트라니! 어떤 천재가 그런 말을 만들어냈지? 도대체 왜 그런 얼토당토한 저녁식사 파티를 여는 건지 알 수 없어. 당신한테 거기 꼭 참석해야 한다고 한 사람 없어. 아냐. 그렇다니까. 당연히 나는 싫은데도 어쩔 수 없이 간 거야. 그런데 그 붉은옷을 입은 바보는 일본이 원폭을 가지고 있지 않다는 사실조차 모르더라고! 그거 알아서 뭐 하는데? 그게 누구한테 필요하냐고? 일본의 국방력을 모르면 중국해의 영토 반환 청구에 대한 대화에 끼어들 수 없어. 나 추워. 나는 이불을 끌어당기려 애쓴다. 일부러 그런 것은 아니겠지만 로베르는 이불을 깔고 침대 가장자리에 앉아 있다. 내가 이불을 끌어당기사 그는 내가 끌고 가게 내버려두지만 1센티미터도 몸을 들어 올리지는 않는다. 나는 나직이 신음하며 이불을 잡아끈다. 이 말없는 싸움은 정말 어리석다. 그가 마침내 자리에서 일어나 방을 나간다. 나는 조금 전 읽던 페이지로 돌아가 게로르가 누구인지 알려고 애쓴다. 로베르가 다시 모습을 나타낸다. 그는 바지를 입고 있다. 양말을 찾아내 신는다. 다시 방을 나간다. 그가 복도 여기저기를 뒤지고 벽장문을 여는 소리가 들린다. 이윽고 그는 욕실로 들어간 듯하다. 전 페이지에서 게로르는 차고 구석에서 팔이라고 불리는 사내와 토론을 벌인다. 이 팔이라는 남자는 또 누구지? 나는 침대에서 나온다. 실내화를 신고 욕실에 있는 로베르에게 간다. 그는 셔츠를 걸치고 단추를 채우지 않은 채 욕조 가장자리에 걸터앉아 있다. 내가 묻는다. 어디 가려고? 그는 자포자기해서 손을 저으며 대답한다. 나도 몰라. 아무 데나 가지 뭐. 내가 말한다. 거실에 잘 곳을 마련해줄까? 내 걱정 하지 마, 오딜. 가서자. 로베르, 난 이번 주에 네 차례 회견이 있어. 날 좀 가만 내버려둬. 내가 말한다. 침대로 돌아와. 내가 불을 꺼줄게. 나는 거울에 비친 내 모습을 본다. 로베르가 고약하게도 불을 켠다. 나는 결코 욕실 천장에 달린 등이나 스포트라이트가 달린 세면대의 두 구짜리 전등을 켜지 않는다. 내가 말한다. 내 모습이 엉망이군. 그 여자가 이번엔 내 머리를 너무 짧게 잘랐어. 로베르가 말한다. 지나치게 너무라고 할까. 이건 로베르식의 유머다. 반쯤 짓궂고 반쯤 진지하다. 그건 가장 지독한 순간에도 나를 웃게 만든다. 또한 나를 불안하게 만들기도 한다. 내가 말한다. 당신 진지하게 말하는 거야? 로베르가 대답한다. 그 멍청이는 무슨 컨설턴트래? 누구 말이야? 레미 그로브. 미술인지 부동산인지 정확히는 모르겠어. 이것저것 다 건드려보는 타입이군. 그 친구 결혼했어? 이혼했어. 당신 그 작자가 잘생겼다고 생각해? 복도에서 뭔가 스치는 소리가 나더니 이어 작은 목소리가 들려온다. 엄마? 쟤 뭐 하는 거지? 로베르가 묻는다. 마치 나는 그 이유를 알고 있을 거라는 듯이. 그의 어조가 순간 불안해져 나를 긴장시킨다. 우리 여기 있어, 앙투안. 아빠랑 나 욕실에 있단다. 파자마 차림의 앙투안이 금방이라도 울음을 터뜨릴 듯한 표정으로 들어온다. 두딘을 잃어버렸어. 또! 내가 외친다. 너 이제 매일 밤 두딘을 잃어버릴 거니? 새벽 2시에 두딘을 찾아다닐 순 없어. 자야 한다고, 앙투안! 앙투안의 얼굴이 천천히 일

그러진다. 그 애 얼굴이 이런 식으로 일그러지면 울음은 피할 수 없다. 로베르가 말한다. 왜 가엾은 애한테 욕을 해? 난 애한테 욕하는 게 아냐. 내가 말한다. 그렇게 말을 해놓고 최선을 다해 자제력을 발휘하려 애쓰면서. 하지만 난 그 두딘을 어째서 묶어놓지 않는 건지 이해할 수 없어. 밤 동안만이라도 묶어놓아야 한다고! 너를 혼내는 게 아니란다, 애야. 하지만 지금은 두딘을 찾을 때가 아냐. 자, 침대로 돌아가자. 우리는 아이들 방으로 가기 위해 우리 방을 나선다. 앙투안이 징징거린다. 두디이인. 로베르와 내가 한 줄로 복도를 걷는다. 아이들 방으로 들어간다. 시몽이 자고 있다. 나는 앙투안에게 형이 깨지 않게 조용히 하라고 이른다. 로베르가 아이에게 소곤거린다. 금방 찾을 수 있을 거야, 귀염둥이야. 두딘을 묶어놓을 거예요? 앙투안이 목소리를 낮추려는 노력 같은 건 하지 않은 채 묻는다. 안 묶을 거야, 귀염둥이야. 로베르가 말한다. 내가 침대 머리맡의 전등을 켜면서 말한다. 묶어서 안 될 게 뭐야? 밤마다 아주 정성스럽게 묶어놓으면 돼. 두딘은 전혀 불편하지 않을 거고 넌 작은 끈을 쥐고 있다가 끌어당기기만 하면 돼…. 앙투안이 사이렌처럼 구슬프게 울기 시작한다. 그렇게 듣기 괴롭게 칭얼대며 우는 아이는 아마 없을 것이다. 쉬잇! 내가 말한다. 무슨 일이에요? 시몽이 자다가 깨서 묻는다. 이것 봐라! 네가 기어코 형을 깨우

고야 말았구나, 참 잘도 했다! 뭐 하시는 거예요? 두딘을 잃어 버렸단다. 로베르가 대답한다. 시몽이 반쯤 감긴 눈으로 정신 나간 사람 바라보듯이 우리를 쳐다본다. 그 애가 옳다. 나는 무 릎을 꿇고 앉아 침대 밑을 찾아본다. 눈에 띄는 것이 없다. 나는 한 손으로 여기저기를 더듬는다. 로베르가 이불 속을 뒤적거리 며 찾는다. 내가 침대 아래 머리를 박은 채 중얼거린다. 도대체 한밤중에 네가 왜 자다 깨는지 엄마는 알 수가 없다! 그건 정상 이 아냐. 아홉 살짜리는 잠을 자야 하는 거야. 갑자기 내 손에 뭔가가 걸린다. 뭔가가 널빤지와 매트리스 사이에 끼어 있다. 찾았어. 찾았다고. 여기 있네! 이 두딘이란 아이는 정말 성가시 구나! … 앙투안이 그 천인형을 꼭 끌어안고 입을 맞춘다. 자, 침대로 올라가! 앙투안이 자리에 눕는다. 나는 그 애에게 입맞 춤을 한다. 시몽이 시트를 휘감고 딱한 장면을 목격한 사람처럼 돌아눕는다. 나는 전등을 끈다. 로베르가 방을 나가는 것 같다. 하지만 그는 방 안에 머물러 있다. 엄마인 나의 건조함을 벌충 하고 싶은 모양이다. 그는 마법 같은 유년의 방 안에 다시 조화 가 자리 잡기를 바란다. 그가 시몽 위로 몸을 굽히고 그 애의 목 덜미에 입맞춤하는 것이 보인다. 이윽고 나는 문을 밀어 방 안 을 최대한 어둡게 만든다. 그는 앙투안의 침대 위에 앉아 이불 가장자리를 매트 밑으로 넣은 뒤 이불을 잘 덮어주고 두딘이 빠져나가지 않도록 꼭 끼워준다. 그가 애정에 찬 말들을 속삭이는 소리가 들린다. 나는 그가 장비에 변호사의 작은 숲 이야기를 시작하는 게 아닐까 하고 자문한다. 과거에 남자들은 사자를 사냥하러, 또는 땅을 정복하러 떠났다. 나는 문간에서 기다린다. 내 쌀쌀맞은 행동이 이미 충분히 시시히는 바가 크긴 하지만 격앙된 감정을 알리기 위해 이따금 문을 닫았다 열었다 하면서. 마침내 로베르가 몸을 일으킨다. 우리는 말없이 다시 복도로 나온다. 로베르는 욕실로, 나는 방으로 들어온다. 나는 다시 침대로 올라가서 안경을 쓴다. "팔은 자기 책상 앞에 앉아 있었다. 그의 포동포동한 두 손이 더러운 압지 위에 올려져 있었다. 그가 게로르에게 알려주었다. 그날 아침 라울 토니가 창고로 들어왔어…." 라울 토니가 누구지? 내 눈이 감긴다. 로베르는 욕실에서 뭘 하고 있는 걸까? 발소리가 들린다. 그가 모습을 나타낸다. 그는 바지를 벗고 있다. 이 정신 나가고 위협적인 옷입기와 옷벗기를 평생 몇 차례나 하게 되는 것일까? 내가 말한다. 아홉 살짜리가 여전히 인형에 집착하는 게 정상이라고 생각해? 그럼, 정상이고말고. 난 열여덟 살에도 인형을 갖고 놀았는걸. 나는 소리내 웃고 싶지만 겉으로는 드러내지 않는다. 로베르가 양말과 셔츠를 벗는다. 침대 머리맡의 전등을 끄고 이불 속으로 들어온다. 이제야 게로르가 누군지 알 것 같다. 게로르는 조스

행복해서 행복한 사람들

크롤의 딸을 되찾기 위해 투입된 인물이다. 처음에 빙고 게임에서 라울 토니가 사람들 눈에 띄지 않았단 말인가…. 두 눈이 감긴다. 이 추리소설은 시원찮다. 나는 안경을 벗고 전등을 끈다. 나이트 테이블 쪽으로 몸을 돌린다. 커튼을 제대로 치지 않아 이른 새벽빛이 새어 들어오고 있다. 할 수 없지. 내가 말한다. 어째서 앙투안은 한밤중에 잠을 깨는 걸까? 로베르가 대답한다. 두딘이 없어서 허전해서 깨는 거야. 우리 둘은 한순간 침대 양쪽에서 반대편 벽을 바라보며 몸을 움직이지 않는다. 이윽고 나는 몸을 돌려 그의 등에 내 몸을 가져다댄다. 로베르가 한 손을 내 허리에 올리며 말한다. 나 역시 당신이 없으면 허전해.

뱅상. 자와다

톨레르 르망 의원에서 방사선치료를 받기 위해 차례를 기다리는 동안 어머니는 대기실에 있는 모든 환자를 자세히 살펴보며 목소리를 거의 낮추지 않고 말한다. 저건 가발, 저것도 가발, 저 사람은 확실치 않고, 가발 아니고, 아니고…. 엄마, 엄마, 목소리 좀 죽이세요. 다들 듣겠어요. 내가 말한다. 뭐라고? 턱수염이 더부룩한데다 그렇게 중얼거리니 도대체 무슨 말인지 알아들을 수가 없구나. 어머니가 대답한다. 보청기 하셨어요? 뭐라고? 보청기 하셨냐고요? 왜 보청기를 안 하셨어요? 방사선치료를 받을 때에는 빼야 하거든. 기다리는 동안에는 하고 계세요. 엄마. 해봤자 소용도 없단다. 어머니가 말한다. 어머니 옆에 앉은 남자가 나에게 공감어린 표정을 지어 보이며 빙그레 웃는다. 그는 양손으로 체크무늬 베레모를 들고 있다. 창백한 안색이 낡은 영국식 양복과 잘 어울린다. 어쨌든 어머니는 가방을 뒤지면서 말한다. 보청기를 가져오지도 않은 것 같네. 다시 사람들을 관찰하는 일로 돌아간 어머니가 이번에는 목소리를 조금 낮추어서 말한다. 저 여자는 이달을 못 넘길 거야. 이 방에서 내가 가장 늙은 게 아니군. 보렴. 저걸 보니 확실해…. 엄마, 제발 그만하세요. 자, 이것 좀 보세요. 〈피가로〉 안에 개그 퀴즈가 있네요. 내가 말한다. 알았다, 네 마음이 편하다면 그렇게 하마. 카트린 드 메디시스가 프랑스 궁정에 도입한, 당시 프랑스에서는 생소했던 채소는? 아티초크, 브로콜리, 토마토? 아티초크. 어머니가 대답한다. 아티초크, 잘하셨어요. 그레타 가르보가 열네 살 때 가졌던 첫 직업은? 이발소 보조, 영화 〈기적의 꼬마 아가씨〉에서 셜리 템플의 대역, 고향인 스톡홀름 경매장에서 청어 비늘 벗기기? 스톡홀름에서 청어 비늘 벗기기. 어머니가 대답한다. 이발소 보조예요. 아, 그래. 이런, 나도 참 바보 같지. 언제부터 청어에 비늘이 있었다고! 어머니가 말한다. 원래부터 있지요, 부인. 제가 끼어들어도 된다면요. 청어에는 원래 비늘이 있답니다. 어머니 옆에 앉아 있던 남자가 끼어든다. 그가 회색 바탕에 분홍 물방울무늬 넥타이를 하고 있는 것이 눈에 띈다. 아, 그런가요? 아뇨, 그렇지 않을걸요. 청어에는 비늘이 없어요. 정어리나 마찬가지예요. 어머니가 응수한다. 정어리도 옛날부터 비늘이 있죠. 남자가 말한다. 정어리에 비늘이 있다니 처음 듣는 소리예요. 넌 알고 있었니, 뱅상? 어머니가 묻는다. 멸치, 디포리도 마찬가지랍니다. 어쨌든 이 사실로 미루어 부인께서는 '유대교의 음식 규율'(유대교의 율법을 따르는 정결한 음식만을 취하는 것-옮긴이)에 매이지 않는다는 건 알겠네요. 남자가 말한다. 그가 웃으면서 내게 친숙한 표정을 지어 보인다. 누레진 치아와 숱이 적은 반백의 머리카락에도 불구하고 그에게는 어떤 기품이 엿보인다. 나는 유쾌한 기분으로 고개를 끄덕인다.

다행이에요. 나는 다행히도 음식 규율에 매이지 않는답니다. 이미 모든 것에 입맛을 잃었지만요. 어머니가 대답한다. 주치의가 누구시죠? 남자가 물방울무늬 넥타이의 매듭을 살짝 느슨하게 풀면서 묻는다. 그가 대화 나누기에 적당히 편안한 자세를 잡는다. 닥터 슈믈라입니다. 닥터 필리프 슈믈라는 최고입니다. 그보다 더 실력 있는 의사는 없지요. 저는 6년 전부터 그에게 치료를 받고 있습니다. 남자가 말한다. 전 8년 전부터죠. 햇수가 더 오래되었다는 것을 자랑스러워하며 어머니가 말한다. 그게 폐로 갔습니까? 남자가 묻는다. 간이에요. 처음엔 유방암이었는데 간으로 전이됐어요. 어머니가 대답한다. 남자가 알고도 남는다는 듯이 고개를 끄덕인다. 이제 제가 좀 특이하다는 거 아시겠죠. 전 뭐든 남과 좀 달라요. 슈믈라는 매번 내게 이렇게 말하죠. 폴레트(그는 나를 폴레트라고 불러요. 내가 좋은 모양이에요), 당신은 정말 특이해요. 다시 말하면 당신 같은 경우는 오래전에 세상을 떠났어야 한다고요. 어머니가 말한다. 그러고는 큰 소리로 웃음을 터뜨린다. 남자가 따라 웃는다. 나는 생각한다. 다시 퀴즈로 돌아가자고 하기에 그리 좋은 타이밍이 아닌 것 같다고. 그는 정말 굉장해요, 사실이에요. 어머니가 자신을 억제하지 못하고 말을 잇는다. 난 개인적으로 그가 무척 매력적이라고 생각해요. 그를 처음 봤을 때 물어봤죠. 결혼하셨나요, 닥터? 아이들은요? 없다고 하더군요. 제가 말했죠. 어떻게 하면 아기가 생기는지 알려드릴까요? 약 때문에 피부가 변형되고 건조해진 어머니의 손을 내가 지그시 누르면서 말한다. 엄마, 그만하세요. 왜 그러니, 사실이잖니. 그는 매혹적이야. 그는 정말이지 실감나게 농담도 잘하지. 암 전문의가 잘 웃는 건 드문 일이란다. 남자가 고개를 끄덕이며 말한다. 그는 훌륭한 사람입니다. 슈믈라 말입니다. 진정한 '멘시mensch'(이디시어로 믿음직한 남자라는 뜻−옮긴이)죠. 언젠가 그가 한 말을 결코 잊을 수 없을 겁니다. 누군가 제 진료실로 들어와준다는 게 제게는 영광입니다라고 하더군요. 그가 아직 마흔 살도 안 되었다는 거 아십니까? 어머니는 그 말을 깡그리 무시한다. 어머니는 아무 말도 듣지 못한 것처럼 조금 전 하던 말을 이어나간다. 금요일에 말이에요. 어머니의 목소리가 점점 더 커진다. 제가 그에게 말했죠. 닥터 에이윤(그는 내 심장병 주치의다)이 당신보다 훌륭한 의사라니. 이런, 이렇게 놀라울 데가. 그 사람은 내 새 모자를 보자마자 칭찬을 하지만 말이에요, 선생님. 당신은 내가 새 모자를 썼다는 걸 눈치조차 못 채잖아요. 그들의 대화를 들으며 나는 좀 나갔다 오는 게 좋겠다고 생각한다. 내가 자리에서 일어나 말한다. 엄마, 직원에게 가서 얼마나 더 기다려야 하는지 물어볼게요. 어머니가 새로 사귄 친구에게 몸을 돌린다. 담배 피우러 가는 거예요. 내 아들은 밖으로 나가 담배를 한 개비 피우려는 겁니다. 그 말을 저렇게 한답니다. 나이 마흔세 살에 담배를 피우는 건 스스로를 조금씩 죽이는 거라고 저 애에게 말 좀 해주세요. 그럼 엄마랑 함께 세상을 뜰 수 있겠네요, 엄마. 좋은 점을 보세요. 내가 말한다. 정말 웃기는 이야기로구나. 어머니가 응수한다. 물방울무늬 넥타이의 남자가 콧구멍을 만지며 이제 막 결정적인 발언을 하려는 사람처럼 숨을 들이쉰다. 나는 어머니의 말허리를 자르고 담배를 피우러 나가는 것이 아니라 직원을 보러가는 것임을 분명히 한다. 니코틴을 일정량 주입하는 것이 내게 큰 도움이 되긴 하겠지만. 이윽고 자리로 돌아와 나는 어머니에게 10분 내로 방사선치료를 받게 될 것이고 닥터 슈믈라는 아직 도착하지 않았다고 알려준다. 아, 슈믈라답군요. 그는 시간이 맞지 않는 손목시계를 차고 다니며 환자들에게도 생활이 있다는 걸 고려하지 않는답니다. 남자가 말한다. 자신의 목소리를 다시 들려줄 수 있다는 게 기쁜 듯 사태를 장악하려 애쓰면서. 하지만 어머니는 벌써 다시 공격을 시작한다. 난 저 직원에게 최고의 대우를 받고 있어요. 그녀는 항상 내가 가장 먼저 진료를 받을 수 있게 해줘요. 난 저 직원을 비르지니라고 불러요. 그녀는 날 매우 좋아하죠. 어머니가 낮은 음성으로 덧붙인다. 내가 그녀에게 말하죠. 귀엽기도 하지. 내가 첫 번째로 진료를 받을 수 있게 해줘, 비르지니. 그런 말이 그녀를 기쁘게 하죠. 자신이 특별한 존재처럼 느껴지니까요. 얘, 뱅상, 다음번에는 저 여자에게 초콜릿 좀 가져다주어야 하지 않을까? 왜 안 되겠어요? 내가 대답한다. 뭐라고 했니? 네 음성이 턱수염 속에서 웅얼거리는구나. 내가 다시 말한다. 좋은 생각이라고요. 그랬다면 로즐린이 만들어준 바닐 킵펠(오스트리아 크리스마스 과자—옮긴이)을 처분할 수 있었을 텐데. 어머니가 말한다. 난 그 뚜껑조차 열어보지 않았다. 로즐린은 초콜릿을 만들 줄 몰라. 꼭 모래를 씹는 것 같다니까. 가엾은 로즐린, 이제 그녀는 흔들리는 열쇠꾸러미 같아. 너도 알다시피 그 여자의 딸이 쓰나미로 실종된 후 전혀 다른 사람이 되고 말았어. 딸은 시신을 못 찾은 25명 가운데 하나였지. 로즐린은 자기 딸이 여전히 살아 있다고 믿고 있어. 때때로 그게 내 신경에 거슬려. 그녀에게 이렇게 말하고 싶어지지. 틀림없이 살아 있을 거야. 침팬지들이 기억상실증에 걸린 그 애를 돌봐주고 있을 거야라고 말이야. 내가 말한다. 심술궂게 그러지 마세요, 엄마. 난 심술궂은 게 아니란다. 그저 운명을 받아들일 필요도 있다는 거지. 세상이 눈물의 골짜기라는 건 우리가 잘 알잖니. 눈물의 골짜기라는 건 네 아버지가 잘 쓰던 말이다. 기억나니? 내가 대답한다. 예, 기억나요. 물방울무늬 넥타이의 남자는 좀 비관적인 생각에 다시 빠져든 것 같다.

그는 앞으로 몸을 기울이고 있다. 그의 좌석 옆에 놓인 목발이 눈에 띈다. 그의 몸 어딘가에 통증이 있을 거라는 생각이 든다. 톨레르 르망 의원 지하에 있는 이 대기실의 사람들도 남몰래 아픈 데가 있다. 이런 말 어떨지 몰라도요. 갑자기 어머니가 놀라울 정도로 진지한 얼굴을 남자 쪽으로 가져가며 말한다. 내 남편은 이스라엘에 대해 줄곧 의무감을 가지고 있었어요. 남자가 다시 몸을 일으키고 줄무늬 옷자락을 바로잡는다. 유대인들은 이스라엘에 대해 의무감을 가지고 있죠. 하지만 난 그렇지 않아요. 난 이스라엘에 대해 무심할 수 있지만, 내 남편은 그렇지 않았어요. 나는 이렇게 갑자기 화제를 바꾸는 어머니를 따라가기가 힘들다. 어머니는 비늘 없는 물고기에 대한 잘못된 언급을 바로잡고 싶지 않은 모양이다. 그렇다. 아마도 어머니는 외가가 유대인이라는 사실을 분명히 하고 싶은 것 같다. 기본적인 율법은 모르지만 자신도 유대인이라는 것을 말이다. 당신도 이스라엘에 대해 지속적인 의무감을 가지고 있나요? 어머니가 묻는다. 물론입니다. 남자가 대답한다. 나는 그가 간결하게 대답한 의도를 알 것 같다. 그와 나 둘만의 대화였다면 나는 그 대답의 깊은 의미에 대해 내 견해를 밝힐 수 있었을 것이다. 어머니는 사태를 좀 다르게 이해한다. 내가 남편을 알았을 때 그에겐 아무것도 없었어요. 어머니가 말한다. 그의 일가는 레오뮈르 가에 쥐구멍만한 수예점을 가지고 있었죠. 남편은 말년에 도매상이 됐어요. 세 개의 상점과 임대용 건물을 소유했고요. 그 모든 걸 그는 이스라엘에 기부하고 싶어했어요. 엄마, 도대체 왜 이러세요? 무슨 말씀을 하시는 거냐고요! 사실이잖니. 어머니가 고개조차 돌리지 않은 채 말한다. 우리는 서로 똘똘 뭉친 참 행복한 가족이었어요. 유일한 오점은 이스라엘이었죠. 어느 날 내가 유대인들에겐 나라가 필요치 않다고 말하자, 남편은 나를 때리려고 하더군요. 또 언젠가 뱅상이 나일 강 유람을 가고 싶다고 하자 남편은 그 애를 집 밖으로 쫓아냈답니다. 남자가 뭐라 대꾸를 하려 했으나 그렇게 재빠르지는 못하다. 그가 핏기 없는 입술을 벌리려는 순간 어머니가 벌써 다음 말을 잇는다. 슈믈라는 내게 새로운 치료를 해주고 싶어해요. 나는 더 이상 시노프렌을 견뎌낼 수가 없어요. 두 손이 이렇게 갈기갈기 찢어진답니다. 슈믈라는 내가 화학 주사를 다시 맞기를 바라죠. 그럼 내 머리카락은 모두 빠지고 말 거예요. 엄마, 꼭 그렇진 않아요. 내가 끼어든다. 그의 말로는 두 사람 가운데 하나가 그렇다고 했어요. 두 사람 가운데 하나라는 건 모두라는 뜻이란다. 어머니가 손짓으로 내 주장을 일축하며 말을 잇는다. 하지만 나는 아우슈비츠에서처럼 민머리로 죽고 싶진 않아요. 머리카락 하나 없이 세상을 마치긴 싫다고요. 만약 내가 그 치료를 받기로 하면 나는 내 머리카락과 영원히 작별을 고해야 할 거예요. 내 나이에는 머리카락이 다시 날 시간이 없으니까요. 그러면 내 모자들과도 영원히 안녕이죠. 어머니는 서글픈 표정으로 입을 내밀고 고개를 흔든다. 이야기를 하는 동안 어머니는 줄곧 몸을 꼿꼿이 세우고 앉아 있다. 신앙심 깊은 처녀처럼 곧은 목이다. 난 환상 같은 건 가지고 있지 않아요. 어머니가 말한다. 내가 이 끔찍한 대기실에서 당신과 수다를 떠는 건 내 아들과 닥터 필리프 슈믈라를 기쁘게 해주기 위해서예요. 난 그가 아끼는 환자니까 그는 나를 진료하면서 기쁘겠죠. 우리 사이에서 이 방사선치료는 아무 쓸모가 없어요. 방사선치료가 효과가 있다면 이전의 시력이 돌아왔어야 하는데, 날이 갈수록 내 시력은 나빠지고 있는걸요. 그런 말 하지 마세요, 엄마. 효과가 즉시 나타나는 게 아니라는 설명 들으셨잖아요. 내가 말한다. 무슨 말을 하는 거니. 턱수염 때문에 들리질 않는구나. 어머니가 말한다. 결과가 즉각 나타나는 게 아니라고요. 내가 조금 전의 말을 되풀이한다. 즉각적이 아니라는 건 확실하지 않다는 거지. 어머니가 응수한다. 사실을 말하면 슈믈라는 아무것도 확신할 수가 없는 거예요. 그저 이것저것 해보는 거죠. 난 그에게 모르모트 역할을 해주고 있는 셈이에요. 좋아요, 필요한 일이잖아요. 난 운명론자예요. 임종 침상에서 남편은 내가 여전히 이스라엘을 적대시하고 있느냐고 묻더군요. 유대인들의 조국을 말이에요. 난 절대 아니라고 대답했어요. 당연히 그래야죠. 세상을 떠나는 사람한테 무슨 말을 하겠어요? 그가 듣고 싶어하는 말을 해주는 거죠. 어리석은 의미들에 집착하다니 이상해요. 마지막 순간에는 모든 것이 사라져버릴 거예요. 조국이라, 누가 조국 같은 걸 필요로 하겠어요? 삶조차도 다음 순간엔 어리석은 의미인걸요. 삶조차도 말이에요. 그렇게 생각하지 않으세요? 어머니가 한숨을 내쉬며 말한다. 남자가 생각에 잠긴다. 그는 편안히 할 말을 할 수 있었다. 어머니가 신기하게도 수다를 멈추고 명상에 잠겼던 것이다. 그 순간 간호사가 에랑프리 씨의 이름을 부른다. 남자가 목발과 체크무늬 베레모와 옆 의자 위에 놓여 있던 두꺼운 로덴직(외투를 만드는 두꺼운 방수 모직-옮긴이)으로 된 외투를 집어 든다. 자리에서 일어나기 전에 그가 어머니 쪽으로 몸을 숙이고 중얼거린다. 삶은 의미가 있을 겁니다. 하지만 이스라엘은 아닙니다. 그런 다음 그는 한쪽 팔로 목발을 짚고 어렵게 몸을 일으킨다. 전 가봐야겠습니다. 장 에랑프리가 고개를 숙이며 말한다. 즐거웠습니다. 동작 하나하나를 취하는 것이 그에게 힘들다는 것을 느낄 수 있지만 그의 얼굴에는 줄곧 웃음이 머물러 있다. 지금 쓰고 계신 게 심장전문의가 칭찬한 바로 그 모자인가요? 그가 다시 묻는다. 어머니가 확인해보기 위해 당신 모자를 만져본다.

아뇨, 이건 그게 아니에요. 이건 스라소니 털이에요. 닥터 에이윤이 칭찬한 모자는 검은 벨루어 장미가 달린 볼사리노 종류예요. 저는 오늘 당신이 쓰고 있는 모자에 찬사를 드리고 싶습니다. 그 모자는 이 대기실을 고상하게 만들어주었습니다. 남자가 말한다. 이건 스라소니 털로 된 토크예요. 어머니가 기쁨으로 몸을 움직거리며 말한다. 40년 된 거예요. 여전히 어울리나요? 완벽하게 어울립니다. 장 에랑프리가 베레모를 돌리며 인사를 한다. 어머니와 나는 그가 방사선실을 향해 걸어가 문 안으로 사라지는 것을 바라본다. 어머니는 멍 자국이 있는 두 손을 핸드백 속에 넣는다. 핸드백에서 분첩과 립스틱을 꺼내면서 말한다. 저 사람 다리를 저는구나, 가엾은 사람 같으니. 근데 저 사람 나와 사랑에 빠진 거 아닌지 모르겠다.

파스칼린 위트네르

우리는 그 일이 시작되는 것을 알지 못했다. 그 사태가 균형을 잃고 곤두박질칠 수 있다는 것을 감지하지 못했다. 그랬다. 리오넬도 나도 그러지 못했다. 우리는 무인도에 떨어진 기분이고 당혹스럽다. 이 일을 누구에게 의논한단 말인가? 때가 오면 말해야겠지만 이런 비밀을 누구에게 털어놓는단 말인가? 믿을 수 있는 사람들, 타인의 아픔에 공감하는 이들, 이런 주제를 전혀 빈정거리지 않고 받아들일 사람들에게 털어놓아야 할 것이다. 우리는 이 사태에 대해 손톱만큼의 빈정거림도 참아낼 수 없다. 우리, 그러니까 리오넬과 나 역시 이게 우리 아들 문제가 아니라면 웃음을 터뜨릴 수 있음을 충분히 알고 있긴 하지만. 솔직히 말하면, 우연찮게 이런 이야기를 들었다면 듣자마자 웃어댔을 것이다. 우리는 이 일을 오딜과 로베르에게조차 말하지 않았다. 토스카노 부부는 우리의 오랜 친구다. 부부 단위로 우정을 유지한다는 게 쉬운 일은 아니지만. 진지하게 하는 말이다. 진정으로 친밀한 관계는 결국 두 존재 사이에서만 생길 수 있을 뿐이다. 우리는 따로따로 만날 수 있어야 한다. 아내끼리나 남편끼리 또는 이쪽 아내와 저쪽 남편, 이쪽 남편과 저쪽 아내끼리 말이다(로베르와 내가 사적으로 이야기할 만한 공통 화제를 찾아낼 수 있다면). 토스카노 부부는 나와 남편이 죽고 못 사는 관계라고 놀린다. 그들은 우리에게 줄곧 빈정거리는 태도를 보여왔고 그 때문에 결국 나는 지쳐버렸다. 사람들은 이제 우리와 말할 때면 반드시 질식할 듯한 행복에 잠긴 커플의 이미지를 투사한다. 저번 날 내가 가자미 파이를 준비했다고 말했을 때도 조금 불쾌했다(나는 요리 강습을 받고 있고 그 일이 즐겁다). 가자미 파이라고요? 내가 무슨 외국어라도 말한 것처럼 오딜이 놀라며 되물었다. 예, 생선 모양의 파이를 곁들인 가자미 요리예요. 근데 몇 사람이 먹을 건데요? 내가 대답했다. 우리 둘이요. 리오넬과 나, 우리 둘을 위해서 만들었어요. 당신들 둘만 먹으려고 그 복잡한 걸 만들었다고요. 지나쳐요! 오딜이 외쳤다. 한자리에 있던 내 사촌 조지안이 응수했다. 왜요? 전 저 혼자 먹을 거라도 가자미 파이를 만들 수 있어요. 당신은 혼자 사니까 그럴 수 있어요. 그건 다른 문제예요. 로베르가 한술 더 떴다. 오직 한 사람, 자기 자신만을 위한 가자미 파이라, 그쯤 되면 비극의 경지죠. 대개 나는 사태를 악화시키지 않기 위해 못 알아들은 척하는 편이다. 리오넬은 그런 데 신경조차 쓰지 않는다. 내가 나중에 그 일을 화제에 올리면 그는 그들이 질투하는 거라고, 타인의 행복은 종종 사람을 공격적으로 만드는 법이라고 대답한다. 우리에게 닥친 일을 안다면 사람들이 어떻게 우리를 질투할 수 있을까. 우리가 화목한 부부의 본보기라는 바로 그 점이 이 재난을 시인하기가 그렇게 어려운 이유임은 분명하다. 토

행복해서 행복한 사람들

스카노 부부 같은 이들이 이 일을 말하기 좋은 먹잇감으로 만드는 걸 상상해본다. 상황을 설명하기 위해서는 잠시 세월을 거스를 필요가 있다. 최근 열아홉 살 생일이 지난 우리 아들 자코브는 항상 가수 셀린 디옹의 팬이었다. 내가 항상이라고 말한 것은 그 애가 아주 어렸을 때부터 열중해왔기 때문이다. 그 애가 아기였을 때 어느 날 자동차 안에서 셀린 디옹의 목소리를 듣고 한눈에 반한 것이다. 우리는 그 애에게 그 노래가 들어 있는 앨범을 사주고 이어 다음 앨범을 사준다. 그 애 방의 벽이 포스터로 뒤덮이고 우리는 셀린 디옹의 어린이 팬과 함께 살기에 이른다. 세상에는 수많은 어린이 팬이 있을 것이다. 얼마 지나지 않아 우리는 그 애의 방에서 열리는 작은 음악회에 초대된다. 자코브는 셀린으로 분장한 뒤 내 슬립 하나를 걸치고 셀린의 노래를 틀어놓고 립싱크로 노래를 부른다. 그 애가 미니 카세트의 마그네틱테이프를 실뭉치처럼 풀어내 머리카락을 만들었던 것이 기억난다. 리오넬이 이런 공연을 흡족하게 생각했는지 확신할 수 없지만 그것은 매우 재미있었다. 이미 그때 우리는 그런 일을 허용하는 우리의 관용과 너그러움에 대해 로베르의 빈정거림을 감수해야 했다. 하지만 당시 그것은 무척 재미있었다. 자코브가 자랐다. 그 애는 차츰 셀린처럼 노래하는 데 더 이상 만족하지 않는다. 그 애는 캐나다 억양이 섞인 프랑스어로 허공에 대고 혼자서 인터뷰를 하고 셀린처럼 말한다. 셀린 흉내를 내고 그녀의 남편인 르네 흉내를 낸다. 그건 우스웠다. 우리는 깔깔거리고 웃었다. 그 애의 성대모사는 완벽했다. 우리가 그 애에게 질문하면, 그러니까 우리가 자코브에게 이야기를 하면 그 애는 셀린으로서 대답했다. 그건 무척 재미있었다. 거듭 말하지만 그건 정말 재미있었다. 어디서 잘못되었는지 나로서는 모르겠다. 어떻게 그 어린애다운 열정이 이… 어떤 단어를 써야 할지 잘 모르겠다… 정신 착란, 존재 착란으로 옮겨가게 된 것일까? … 어느 날 저녁, 우리 셋은 주방 식탁에 둘러앉았다. 리오넬이 자코브에게 퀘벡 방언을 쓰는 어릿광대 역할을 하는 걸 보는 데 지쳤으니 이제 그만두라고 말했다. 나는 그날 저녁식사로 렌즈콩을 넣은 돼지고기 요리를 만들었다. 평소처럼 두 사람은 그 음식을 맛있게 먹었지만 그날의 분위기에는 서글픈 그 무엇이 있었다. 친밀하게 어울리긴 하지만 상대가 자기 자신 안으로 틀어박힌 느낌, 체념의 징조를 읽을 수 있는 그런 느낌이. 자코브는 어릿광대라는 단어를 못 알아들은 척했다. 그 애는 자기 아버지에게 퀘벡 억양이 섞인 프랑스어로 대답했다. 얼마 전부터 프랑스에 살고 있긴 해도 자신은 캐나다인이며 자신의 뿌리를 부정할 생각은 없노라고. 그런 일이 더 이상 재미있지 않다고 리오넬이 언성을 높여 말하자 자코브는 자신은 성대를 아껴

행복해서 행복한 사람들

야 하기 때문에 말다툼 같은 건 할 수 없다고 응수했다. 그 끔찍한 저녁부터 자코브 위트네르의 몸 안에 셀린 디옹의 영혼이 자리 잡기 시작한 것 같다. 우리는 아빠 엄마라는 호칭이 아니라 리오넬과 파스칼린으로 불렸다. 그리고 우리는 실제의 우리 아들과는 더 이상 그 어떤 관계도 맺을 수 없게 되었다. 처음에 우리는 그것이 일시적인 위기일 거라고, 사춘기 아이들은 그런 망상에 휩싸이는 법이라고 생각했다. 하지만 가정부 보다나가 우리에게 와서 그 애가 아주 우아한 태도로 자신의 목소리를 보호해야 하니 가습기를 가져다달라고 했다고 말했을 때(그녀가 보기에 그 애는 자신을 진짜 대스타로 여기는 듯했다) 나는 사태가 고약한 국면으로 접어들었음을 감지했다. 나는 리오넬에게 그 이야기를 하지 않았다. 남자들은 때때로 지나치게 현실적이니까. 나는 최면술사와 상의했다. 나는 유령에게 사로잡힌 사람들의 이야기를 들은 바 있었다. 최면술사는 내게 셀린 디옹은 유령이 아니라고 설명했다. 따라서 그로서는 자코브에게서 그녀를 떼어낼 방법이 없다는 것이었다. 유령이란 살아 있는 사람에게 달라붙는 떠도는 영혼인데, 그로서는 라스베이거스에서 매일 밤 노래를 부르는 누군가에게 빙의된 사람을 구해줄 수 없었다. 최면술사는 내게 정신과 의사를 만나보라고 충고했다. 정신과 의사라는 단어가 내 목구멍을 솜처럼 틀어막았다. 내 집에서 그 단어를 입 밖에 내기 위해서는 한동안 시간이 필요했다. 리오넬은 훨씬 합리적으로 처신했다. 리오넬의 침착함이 없었다면 나는 결코 이 시련을 이겨내지 못했을 것이다. 내 남편, 내 사랑. 스스로에게 충실하면서도 단 한 번도 자신을 과시한 적 없는, 올바른 길이 아니면 가지 않는 남자. 어느 날 로베르는 그에 대해 이렇게 말했다. 그 친구는 즐거움을 찾는, 행복을 추구하는 사람이죠. 그런데 그 행복이란 게 '입체적'인 거예요. 우리는 그 심통 섞인 말에 웃음을 터뜨렸다. 나는 로베르를 한 대 때리기까지 했다. 하지만 그랬다. 입체적이고 견고했다. 안정감 있게 버티고 서 있었다. 우리는 코와 귀에 대해 상의하는 거라고 속이고 자코브를 정신과 의사에게 데려가는 데 성공했다. 의사는 입원을 권했다. 나는 아이가 너무 쉽게 넘어가는 것을 보고 심란했다. 자코브는 녹음 스튜디오에 들어가는 줄 알고 신이 나서 정신병원의 문턱을 넘었다. 병원을 매일 아침 올 수 없는 스타들을 위해 마련된 호텔식 스튜디오 같은 것이라고 여겼던 것이다. 첫째 날 텅 빈 하얀 방으로 들어가면서 하마터면 나는 그 애의 발치에 몸을 던지고 이렇게 그 애를 속인 데 대해 용서를 구할 뻔했다. 사람들에게는 모두 자코브가 외국에 연수를 떠났다고 말해두었다. 그 가운데에는 토스카노 부부도 포함되었다. 우리가 이 비밀을 나눈 유일한 사람은 가정부 보다나뿐이다. 그녀는 자코브에게 호두와 개양귀비가 들어간 세르비아식 과자를 만들어주겠다고 고집을 부리지만 자코브는 손도 대지 않는다. 그 애는 전에 좋아하던 것들을 더 이상 좋아하지 않게 된 것이다. 육체적으로 그 애는 정상이다. 여자 흉내를 내지 않는다. 문제는 따라 하는 것보다 훨씬 깊은 그 무엇이다. 리오넬과 나는 그 애를 셀린이라고 부르기에 이르렀다. 우리끼리 말할 때 우리는 그 애를 그녀로 부른다. 그 병원에서 그 애를 담당하는 정신과 의사인 닥터 이고르 로랭은 우리에게 그 애가 불행할 때는 뉴스를 볼 때뿐이라고 말한다. 그 애는 그 인물과 자신을 자의적으로 동일시함으로써 자신이 행운과 특권을 누리고 있다고 믿고 있다는 것이다. 간호사들은 그 애의 방에서 텔레비전을 치워야 하는 것은 아닐까 하고 생각한다. 왜냐하면 그 애가 저녁 뉴스만 보면 눈물을 흘리니까. 심지어 우박으로 농작물이 엉망이 되었다는 뉴스에도 그 애는 눈물을 흘린다. 의사 말에 따르면 그 애 행동의 또 다른 점이 걱정스럽다고 한다. 자코브는 병원에 홀로 내려와 사람들에게 자필 서명을 해준다는 것이다. 그 애는 감기에 걸리지 않으려 목에 스카프를 몇 개나 두르지요. 전 세계 공연을 해야 할 테니까요. 의사가 농담을 한다(나는 이 의사가 별로 마음에 들지 않는다). 그리고 회전문 앞에 자리를 잡습니다. 이 병원에 오는 사람들이 그를 보기 위해 길게 줄을 서 있다고 여기는 겁니다. 이제 오후 우리가 도착했을 때 그 애는 거기 그렇게 서 있었다. 주차장에 도착하기 전 차 안에서 나는 그 애를 보았다. 회전 유리문 너머에서 한 어린이에게 고개를 숙이고 지나치게 친절한 태도로 작은 공책에 뭔가를 쓰고 있었다. 리오넬은 내가 왜 침묵을 지키고 있는지 알아차린 모양이었다. 일단 차를 주차시키고 나서 그가 플라타너스를 바라보며 말했다. 그 애가 또 아래 내려와 있는 거야? 나는 고개를 끄덕였다. 우리는 아무 말도 하지 못한 채 서로를 얼싸안았다. 닥터 로랭이 자코브가 의사인 자신을 움베르토라고 부른다고 우리에게 말한다. 자코브가 그를 자신의 음향 엔지니어, 그러니까 셀린의 음향 엔지니어인 움베르토 가티카로 여기고 있는 거라고 우리가 닥터 로랭에게 설명했다. 곰곰 생각해보면 매우 논리적이다. 두 사람 모두 영화감독 스티븐 스필버그를 닮았던 것이다. 마찬가지로 우리는 자코브가 마르티니크 출신의 간호사를 오프라(오프라 윈프리)라고 부르는 것을 들었다. 그 간호사는 칭찬이라도 들은 것처럼 몸을 꼬았다. 오늘은 무척 힘겨운 하루였다. 먼저 그 애는 나로서는 흉내도 낼 수 없는 억양으로 우리에게 말했다. 오늘 그렇게 편안해 보이질 않는군요, 리오넬과 파스칼린. 사람들에 대한 공감 능력이 뛰어난 나로서는 이런 두 분을 보니 마음이 아프군요. 두 분의 기운을 북돋기 위해 제가 노래라도 불러드릴까요? 우리는 괜찮다고, 목소리를 아껴야 하지 않느냐고, 녹음만으로도 이미 일을 많이 하지 않았느냐고 대답했다. 하지만 그럼에도 불구하고 그는 노래를 불러주고 싶어했다. 그는 어렸을 때 그랬듯이 우리를 나란히 앉게 했다. 리오넬은 걸상에, 나는 인조가죽 소파에 앉았다. 그러자 그 애는 우리 앞에 서서 아주 좋은 리듬감으로 〈러브 캔 무브 마운틴스〉를 부르기 시작했다. 결국 우리는 그 애가 어렸을 때 했던 반응을 보였다. 크게 박수를 쳤던 것이다. 리오넬은 한쪽 팔을 내 어깨에 올려놓고 나를 격려했다. 저녁에 그곳을 나오는데 복도에서 사람들이 캐나다 억양의 프랑스어로 이렇게 말하는 소리가 들려왔다. 이런, 데이비드 포스터가 왔군! 움베르토는 내려왔나요? 바브라에게 물어보세요! … 그녀 역시 〈투 이어스 브레이크〉를 불러야 할 겁니다! … 이어 킥킥거리는 웃음소리가 들려왔다. 간병인이 셀린과 그 측근의 흉내를 내는 자코브를 흉내 내며 웃고 있는 것임을 알 수 있었다. 리오넬은 참을 수 없었던 모양이다. 그는 웃음소리가 들려오는 방으로 들어가 그 순간에는 나에게조차 우스꽝스럽게 들리는 엄숙한 목소리로 말했다. 난 자코브 위트네르의 아버지요. 잠시 침묵이 감돌았다. 아무도 뭐라말해야 좋을지 알 수 없는 듯했다. 그래서 내가 말했다. 이리 와요, 리오넬. 중요한 일도 아니잖아요. 그러자 간호사들이 나직

한 목소리로 죄송하다고 중얼거렸다. 내가 남편의 소매를 잡아당겼다. 우리는 승강기가 어디 있었는지조차 기억할 수 없었다. 우리는 그렇게 혼이 빠진 채로 걸을 때마다 삐걱거리는 충계를 통해 아래층으로 내려왔다. 밖은 거의 완전히 어두워졌고 비가 조금 내리고 있었다. 나는 장갑을 끼었다. 리오넬은 나를 기다리지 않고 주차장을 향해 걷기 시작했다. 내가 말했다. 잠깐 기다려요, 내 사랑. 그가 돌아보았다. 물방울이 맺혀 두 눈을 찡그리고 있었다. 가로등 불빛 아래 그의 두상이 아주 작고 그의 머리칼이 성글어진 것이 눈에 들어왔다. 나는 생각했다. 다시 정상적인 생활로 돌아가야 해. 리오넬은 사무실로 돌아가 평상시처럼 유쾌하게 지낼 필요가 있어. 차에 탄 나는 러시아 식당에 가서 보드카를 마시고 피로시키를 먹고 싶다고 말했다. 그런 다음 이렇게 물었다. 바브라는 누구를 말하는 거 같아? 바브라 스트라이샌드. 리오넬이 대답했다. 그래, 근데 내 말은 저 병원에서 말이야. 그 애가 있는 병동 책임자가 코가 좀 길었던 것 같지 않아?

행복해서 행복한 사람들

파올라 쉬아레스

나는 빛에 매우 민감하다. 내 말은 심리적으로 그렇다는 뜻이다. 나는 모든 사람이 다 이런 식으로 빛에 민감한 것인지, 아니면 유독 나만 민감한 것인지 잘 모르겠다. 외부의 빛에는 적응할 수 있다. 서글픈 시간, 그것에도 적응할 수 있다. 하늘은 모든 이를 위한 것이다. 내면은 사람을 자기 자신에게로 돌려보낸다. 나는 밀폐된 장소에서는 빛이 나를 공격한다고 느낀다. 그럴 때 빛은 사물과 내 영혼을 두드린다. 어떤 빛은 내게서 앞날에 대한 모든 감을 앗아가 버린다. 아이였을 때 우리집 주방은 빛이 들어오지 않는 뜰로 향해 있었고 나는 거기서 음식을 먹었다. 천장에서 들어오는 빛이 모든 것을 우울하게 만들고 세상으로부터 잊혀졌다는 느낌을 주었다. 저녁 8시, 우리는 카롤린이 막 출산을 한 10구의 보건소 앞에 도착했다. 내가 뤼크에게 함께 올라가자고 제안했지만 그는 자동차 안에서 기다리는 편이 좋겠다고 대답했다. 그는 내게 오래 걸리는지 물었고 나는 아니라고, 그렇지 않을 거라고 대답했다. 그 질문이 비난할 만한 것은 아니라도 좀 무례하게 여겨졌지만 말이다. 비가 내리고 있었다. 거리에는 사람이 별로 없었다. 보건소의 홀도 마찬가지였다. 나는 카롤린의 방문을 두드렸다. 조엘이 문을 열어주었다. 실내복 차림의 카롤린이 침대에 앉아 창백하지만 행복한 표정으로 아주 조그만 딸아이를 안고 있었다. 나는 몸을 앞으로 기울여 아기를 들여다보았다. 아기는 귀여웠다. 정말이지 참 섬세하고 무척 예뻤다. 나는 스스럼없이 내 느낌을 말하고 그들에게 축하한다고 말했다. 방 안은 몹시 더웠다. 나는 가져온 아네모네 다발을 꽂을 만한 화병을 하나 달라고 했다. 조엘이 병실에 꽃을 꽂는 것이 금지되어 있으니 도로 가져가라고 말했다. 나는 외투를 벗었다. 카롤린이 아기를 남편에게 건네주고 침대에 누웠다. 조엘이 작은 아이를 품에 안고 인조가죽 의자에 앉아 자식을 낳았다는 기쁨에 한껏 부푼 자세로 아이를 얼렀다. 카롤린이 자카디 사의 카탈로그를 꺼내어 내게 여행용 접이식 침대를 보여주었다. 나는 상품 번호를 메모했다. 포마이카로 된 선반 위에는 포장지를 뜯다 만 상자들과 손세정제 몇 병이 놓여 있었다. 나는 이 보건소 안에 응급시설이 있는지 궁금했다. 숨이 막힐 것 같았기 때문이다. 아기 때문에 창문을 열 수 없다면서 카롤린이 내게 탈색된 과일 치즈를 권했다. 공갈 젖꼭지와 구겨놓은 기저귀가 속이 들여다보이는 투명한 요람 속에 나동그라져 있었다. 천장의 기묘한 빛을 받아 천과 시트, 수건, 턱받이들이 모두 노랗게 보였다. 형언할 수 없을 정도로 흐릿한 그 밀폐된 세계 속에서 하나의 삶이 시작되고 있었다. 나는 잠든 아기의 이마를 어루만지고 조엘과 카롤린을 얼싸안았다. 나는 열기 때문에 축 늘어진 아네모네를 홀의 카운터 위에 올려놓고

행복해서 행복한 사람들

건물을 나왔다. 자동차 안에서 나는 뤼크에게 내 친구 카롤린의 딸이 정말 예쁘다고 말했다. 그가 물었다. 어떻게 할까? 당신 집으로 갈까? 내가 대답했다. 싫어. 뤼크가 놀란 모양이었다. 내가 말했다. 좀 바꿔보고 싶어. 그는 시동을 걸고 목적지를 정하지 않은 채 차를 출발시켰다. 나는 그가 그런 상태를 마음에 들어하지 않는다는 것을 느꼈다. 매번 별 생각 없이 우리집으로 직행하는 걸 더 이상 참을 수가 없어. 뤼크는 대답하지 않았다. 그런 식으로 말하지 말아야 했는지도 모른다. 나는 직행한다는 단어를 쓴 것을 후회했지만 사람이 모든 걸 다 통제할 수 있는 건 아니잖은가. 여전히 비가 내리고 있었다. 우리는 말없이 달리는 차 안에 앉아 있었다. 그는 바스티유 광장 바로 앞에 차를 주차했다. 우리는 그가 아는 식당까지 걸어갔으나 빈자리가 없었다. 뤼크가 자리를 달라고 이야기해보았지만 그도 어쩔 수 없었다. 우리는 이미 차에서 멀리 걸어왔고 주차할 자리를 찾기 위해 많이 돌아다닌 후였다. 길을 걷다 어느 순간 내가 춥다고 말하자 뤼크가 말했다. 거기로 가자. 그의 어조에 짜증이 서려 있는 걸 느낄 수 있었다. 싫어. 어째서 거기야? 당신 춥다면서? 우리는 한 식당으로 들어갔다. 내 마음에 전혀 들지 않는 곳이었다. 지배인은 뤼크를 곧장 자리로 안내했다. 그는 자리에 앉고 나서야 나에게 그곳이 괜찮은지 물었다. 그날 저녁은 이미 기분을 잡친 상황이었지만 나는 괜찮지 않다고 말할 용기가 없었다. 그는 내 맞은편에 앉아 탁자 위에 두 팔꿈치를 올려놓고 깍지 낀 손가락을 움직거렸다. 나는 여전히 추워서 외투를 벗을 수도, 스카프를 풀 수도 없었다. 종업원이 메뉴를 가져왔다. 뤼크가 메뉴를 들여다보는 것 같았다. 희미한 네온 불빛 아래서 그의 얼굴이 딱딱하게 긴장되어 보였다. 그의 휴대전화로 메시지가 왔다. 그는 막내딸에게서 온 메시지를 내게 보여주었다. "우리 지금 라클레를 먹고 있어요!" 그의 아내와 아이들은 산에서 휴가 중이었다. 나는 그 메시지를 보면서 어쩌면 그렇게 무신경할 수 있느냐고 뤼크에게 말하고 싶었다. 여담이지만 나는 이런 그의 아빠로서의 무신경한 행동이 참 딱하게 여겨진다. 하지만 나는 상냥하게 미소를 지어 보였다. 내가 말했다. 당신 딸은 운이 좋아. 뤼크가 대답했다. 그래. 강한 긍정이었다. 경박함 같은 건 찾아볼 수 없었다. 그때 내 기분으로는 그런 억양으로부터 스스로를 보호하기 어려웠다. 내가 말했다. 당신은 거기 안 가? 합류할 거야. 금요일에. 나는 생각했다. 지옥에나 떨어지라지. 그 식당의 메뉴에는 내가 먹을 만한 것이 없었다. 사실 그 기분으로는 세상의 어떤 식당에 가도 내가 먹고 싶은 게 없을 터였다. 내가 말했다. 난 배 안 고파. 그냥 코냑이나 한 잔 할래. 뤼크가 말했다. 난 감자튀김과 커틀릿으로 하지. 이른바 은밀하다는 그 초라한 칸막이 공간에 앉아 나는 우울한 심정에 휩싸였다. 종업원이 래커칠이 된 나무 탁자를 닦았다. 그런데도 탁자는 깨끗하지 않았다. 나는 생각했다. 남자들도 말은 하지 않지만 이런 종류의 울적함에 휩싸일 때가 있을까. 나는 왁스칠된 방 안에서 포대기에 싸인 채 삶의 첫 시간을 시작하는 아기를 떠올렸다. 한 가지 이야기가 머릿속에 떠올랐다. 나는 시간도 때울 겸 그 이야기를 뤼크에게 들려주었다. 어느 날 저녁식사를 하면서 어떤 정신과 의사이자 정신분석의가 고독으로 고통받고 있는 자기 환자에 대해 한 이야기야. 환자가 그에게 말하더래. 집에 있을 때 저는 누군가 와서 내가 얼마나 외로운지를 볼까 봐 겁이 납니다. 정신과 의사가 가볍게 웃으며 이렇게 덧붙이더군. 그 친구는 항상 같은 이야기를 해. 나는 그 이야기도 뤼크에게 했다. 그러자 뤼크는 백포도주 한 잔을 주문하면서 이고르 로랭, 그러니까 그 정신과 의사와 똑같은 방식으로 킬킬거렸다. 건조하고 넌덜머리나게. 나는 그를 그 우스꽝스러운 칸막이 자리에 남겨둔 채 자리를 박차고 일어나야 마땅했지만 대신 이렇게 말했다. 당신이 사는 곳을 보고 싶어. 뤼크는 무슨 말인지 잘 알아듣지 못한 듯 놀란 기색이었다. 내가 거듭 말했다. 당신 집에 가서 당신이 어떻게 사는지 보고 싶어. 뤼크는 내가 다시 흥미로워졌다는 듯이 나를 바라보고는 노래하듯 곡조를 붙여 말했다. 아하, 우리집에서 하자는 거야? … 나는 애매하게 장난꾸러기 같은 태도로 고개를 끄덕였다. 나는 이런 선웃음이, 뤼크 앞에서 당당하게 행동하지 못하는 나 자신이 원망스러웠다. 어쨌든 나는 그렇다고 말하며 조금 전의 이야기로 돌아갔다 (종업원이 내게 두 잔째의 코냑을 가져다준 참이었다). 이 환자 이야기 마음에 들지 않아? 당신에겐 그 이야기가 공백에 대한 완벽한 알레고리로 들리지 않아? 무엇에 대한 공백이라는 거야? 뤼크가 물었다. 타자에 대한. 그래, 당연히 그렇게 들렸지. 뤼크가 겨자 그릇 위로 몸을 기울이며 대답했다. 당신 정말 아무것도 안 먹어도 되겠어? 이 감자튀김이라도 좀 먹어. 나는 감자튀김 하나를 집었다. 사실 나는 코냑은 물론 모든 높은 도수의 술에 익숙하지 않다. 첫 모금부터 머리가 빙빙 돌기 시작했다. 뤼크는 나를 호텔로 데려가려는 생각조차 하지 않았다. 그는 우리집에 오는 것에 너무나 익숙해진 나머지 조금의 변화도 줄 생각을 하지 않는다. 남자들은 고정된 틀에서 벗어나지 못한다. 변화를 만드는 건 우리다. 우리는 사랑을 활성화시키다가 지쳐버린다. 뤼크 콩다민을 사귄 이후 나는 줄곧 매우 고통스러웠다. 힘에 넘쳐 요란하게 떠드는 젊은이들이 우리 뒤 칸막이 좌석에 자리를 잡았다. 뤼크가 내게 최근 토스카노 부부를 만난 적이 있느냐고 물었다. 뤼크와 나는 토스카노 부부 집에서 처음 만났다.

행복해서 행복한 사람들

뤼크는 로베르 토스카노의 가장 친한 친구다. 그들은 같은 신문사에서 일하고 있다. 물론 뤼크는 오랜 경력의 기자다. 나는 최근 퇴근이 늦어서 사람들을 거의 만나지 못했다고 대답했다. 뤼크는 내게 로베르가 풀이 죽어 보여서 자신이 여자 하나를 소개해주었다고 말했다. 그 말에 나는 놀랐다. 왜냐하면 나는 로베르가 뤼크와는 다른 부류의 남자라고 생각해왔던 것이다. 내가 말했다. 로베르가 바람을 피운다는 건 몰랐는걸. 그는 바람 같은 거 안 피워. 그래서 내가 여자를 소개시켜준 거야. 나는 그에게 오딜의 친구로서 이런 종류의 일을 알고는 비밀을 지킬 수 없음을 환기시켰다. 뤼크가 웃으며 입을 닦았다. 그는 좀 안됐다는 표정으로 내 뺨을 꼬집었다. 그는 이미 감자튀김 한 그릇을 먹어치우고 커틀릿을 먹고 있었다. 내가 물었다. 누군데? 아, 안 돼, 파올라! 당신은 오딜의 친구라 알고 싶지 않다며! 누군데? 내가 아는 여자야? 안 돼, 당신 말이 맞아. 당신이 그걸 알아서 좋을 게 없어. 그래, 그건 야비한 짓이야. 알았다고, 됐으니 말해봐. 비르지니야. 병원 직원이야. 당신은 그 여자를 어디서 알았는데? … 뤼크가 자신이 마당발이라는 몸짓을 했다. 나는 갑자기 기분이 좋아졌다. 나는 빠른 속도로 코냑 잔을 비웠다. 매우 드문 일이었다. 하지만 내가 기분이 좋아진 것은 뤼크가 다시 유쾌해졌기 때문이다. 그는 살구 타르트 하나와 스푼

두 개를 가져다달라고 주문했다. 살구 타르트는 시고 반죽이 너무 질었지만 우리는 마지막 과일 조각 하나까지 다투어가며 먹었다. 우리 뒤의 젊은이들이 소리내어 웃고 있었다. 나는 그들처럼 젊어진 것 같은 느낌이 들었다. 내가 말했다. 당신 집에 데려가줄래, 뤼크? 그가 대답했다. 가자고. 이제 나는 그것이 좋은 생각인지 아닌지 더 이상 알 수 없었다. 나는 생각을 명료하게 할 수 없었다. 한동안 분위기는 경쾌했다. 빗속을 달리는 동안에는. 차 안에서 처음에는 기분이 가벼웠다. 그러다가 내가 자동차 가운데 포켓 안에 있던 시디 하나를 떨어뜨렸다. 시디가 케이스에서 나와 내 자리로 굴러떨어졌다. 내가 그것을 집어 들었을 때 뤼크는 이미 케이스를 들고 있었다. 운전을 하면서 그는 내 손에서 시디를 낚아채 직접 케이스에 넣었다. 그런 다음 그것을 제자리에 넣고 손가락으로 두드려 다른 시디들과 줄을 맞추었다. 그 일은 소리 없이 이루어졌다. 아무 말도 없이. 나는 나 자신이 매우 어색하게 느껴졌다. 심지어는 경솔하게 행동한 데 대해 죄책감까지 들었다. 이렇게 지나치게 재빠르게 행동하는 뤼크를 편집적인 인간으로 치부할 수도 있었다. 하지만 나는 어리석게도 잘못을 저지른 아이처럼 울고 싶은 기분이었다. 그의 집으로 가는 것이 더는 좋은 생각으로 여겨지지 않았다. 그의 집이 있는 건물 현관에서 뤼크는 열쇠로 유리가 끼워진 문을

행복해서 행복한 사람들

열었다. 문 안쪽에는 유모차와 손수레가 접혀져 난간에 세워져 있었다. 뤼크가 나를 건물 안으로 먼저 들어가게 했다. 우리는 좁은 층계를 걸어서 4층으로 올라갔다. 보이지 않지만 승강기 때문에 층계가 좁아진 듯했다. 뤼크가 자기 아파트의 현관 불을 켰다. 책이 꽂힌 선반들, 외투와 모자 달린 재킷이 걸린 옷걸이가 눈에 들어왔다. 나는 외투와 장갑, 머플러를 벗었다. 뤼크가 나를 거실로 안내했다. 그는 할로겐 램프의 조도를 조절한 후 잠시 나를 혼자 두고 거실을 나갔다. 보통 거실들처럼 긴 의자와 낮은 탁자, 잡다한 의자들이 놓여 있었다. 가죽 소파는 매우 낡은 것이었다. 책꽂이 하나, 책들, 타원형 책상에는 액자에 끼워진 사진들이 놓여 있었고 그 가운데에는 빌 클린턴 곁에서 혼이 빠진 얼굴을 한 뤼크의 사진도 있었다. 일관성 없는 물건들의 조합이었다. 나는 가죽 소파 가장자리에 앉았다. 커튼의 나염 무늬가 어디선가 본 것처럼 낯익었다. 뤼크가 돌아와서 재킷을 벗었다. 그가 말했다. 뭐 좀 마실래? 마치 하룻밤 동안 줄곧 코냑만 마시는 여자가 되기라도 한 것처럼 내가 대답했다. 코냑 한 잔 줘. 뤼크가 코냑 병과 잔 두 개를 가져왔다. 그는 긴 의자에 앉아 두 개의 잔에 술을 따랐다. 그는 램프의 밝기를 낮추고 천으로 주름을 잡아 만든 전등갓이 씌워진 스탠드를 켜고 쿠션들 위로 배를 내밀고 기대앉아 물끄러미 나를 바라보았다. 나는 허리를 꼿꼿이 세우고 소파 가장자리에 앉아 다리를 꼰 채 술잔을 들고 미국 여배우 로렌 바콜 같은 품새를 내려 애썼다. 뤼크는 다리를 벌린 채 소파에 깊숙이 몸을 묻었다. 그와 나 사이에 있는 작은 원형 탁자 위에는 얼핏 보기에 미니 골프장인 듯한 곳에서 두 딸과 함께 활짝 웃고 있는 그의 아내의 사진 액자가 놓여 있었다. 뤼크가 말했다. 앙데르노레뱅에 갔을 때야. 그들은 앙데르노레뱅에 집이 한 채 있었다. 그의 아내는 보르도 출신이었다. 나는 머리가 점점 빙글빙글 돌기 시작하는 것을 느꼈다. 거의 멜로드라마를 연상시킬 정도로 뤼크가 천천히 한 손으로 자기 셔츠의 단추를 풀기 시작했다. 그런 다음 그는 셔츠 자락을 펼쳤다. 나는 그가 나도 같은 행동을 하기를 원한다는 것을 눈치 챘다. 몇 미터 떨어진 곳에서 같은 리듬으로 나도 옷을 벗기를. 뤼크 콩다민은 그런 점에서 내게 커다란 지배력을 가지고 있다. 나는 원피스 위에 카디건을 걸치고 있었다. 나는 한쪽 어깨를 드러냈다. 이윽고 카디건의 한쪽 소매를 뺌으로써 나는 그를 앞질렀다. 뤼크가 셔츠의 소매 한쪽을 뺐다. 나는 카디건을 벗어 바닥에 던졌다. 그도 자기 셔츠를 바닥에 던졌다. 뤼크의 윗몸은 이제 벌거숭이였다. 그가 나를 보며 웃고 있었다. 나는 원피스를 벗고 스타킹을 말기 시작했다. 뤼크가 양말을 벗었다. 나는 다른 쪽 스타킹을 벗어 공처럼 동그랗게 만들어 그에

행복해서 행복한 사람들

게 던졌다. 뤼크가 바지 지퍼를 내렸다. 나는 잠시 기다렸다. 그가 성기를 꺼냈을 때 문득 나는 소파 색깔이 터키 블루라는 것을 깨달았다. 내실의 인공적인 조명 아래서 영롱하게 반짝이는 터키 블루. 다른 모든 것을 고려할 때 긴 의자를 그런 색으로 골랐다는 것이 충격적이라는 생각이 들었다. 그 부부 두 사람 가운데 누가 이런 장식을 했을지 궁금했다. 뤼크는 관능적인 자세로 기대 누워 있었다. 나는 그 자세에 매혹되는 동시에 당혹스러웠다. 나는 방 안을 바라보았다. 조명으로 만든 가짜 미광 속의 그림들, 사진들, 모로코식 등잔들을. 나는 그 책들이, 기타가, 괴상하기 짝이 없는 코끼리 발이 누구의 것인지 궁금했다. 내가 말했다. 당신은 이 모든 걸 결코 떠나지 않을 거야. 뤼크 콩다민이 고개를 들고 나를 물끄러미 바라보았다. 마치 내가 무슨 못 할 말을 하기라도 한 것처럼.

에른스트 블로

나의 뼛가루. 그걸 어떻게 하는 게 좋을지 모르겠다. 그걸 담아서 어딘가에 넣어둘까, 아니면 뿌려버릴까. 나는 주방에 앉아 노트북을 앞에 놓고 실내복 차림으로 그런 질문을 해본다. 아내 자네트는 휴일이 시작되는 것이 행복한 여자처럼 이리저리 왔다 갔다 하고 있다. 찬장을 열고 기계를 작동시키고 식기를 부딪쳐 소리를 낸다. 나는 인터넷판 신문을 읽으려 애쓴다. 내가 소리친다. 자네트! … 제발 좀 조용히 해줘. 아내가 대답한다. 내가 아침식사를 준비하는 지금 하필이면 주방에 앉아 있을 필요는 없잖아. 창을 통해 비바람 소리가 들려온다. 나는 안경을 쓰고서도 인상을 쓰면서 화면을 들여다본다. 몸이 더 쇠약해지고 구부정해진 것 같다. 나는 식탁 위에서 마우스라는 물건을 움직거리는 내 손을 물끄러미 바라본다. 더 이상 소속감을 느낄 수 없는 세상과 싸우는 육체. 노인은 현재가 아닌 미래에 속한 사람들이에요. 지난번 외손자 시몽이 한 말이다. 그 애는 정말 천재다. 비가 유리창을 두드려대기 시작한다. 바다와 강, 재의 이미지가 떠오른다. 내 아버지의 시신은 화장되었다. 우리는 그 뼛가루를 사각형 금속 상자에 담았다. 랑발에 있는 앙리 아브릴 중학교 담장 색깔과 똑같은 밤색 상자였다. 나는 누이 마르그리트, 그리고 사촌 둘과 게르농제 다리 위에서 아버지의 뼛가루를 뿌렸다. 아버지는 브레브 강에 뿌려지기를 원했다. 그가 태어난 집에서 100미터밖에 떨어져 있지 않은 그곳에. 저녁 6시, 도시 한복판에 그의 뼛가루가 뿌려졌다. 당시 나는 예순네 살로, 다섯 번째 혈관이식수술을 한 지 몇 달 지났을 때였다. 이제 아버지의 이름은 어느 곳에서도 찾을 수 없다. 마르그리트는 아버지가 정처 없이 떠돈다는 생각을 받아들이지 못하는 것 같다. 그곳에 갈 때면(거리가 머니까 1년에 한 번밖에 못 간다) 나는 때로는 비탈에서 꽃을 한 송이 꺾기도 하고, 때로는 사기도 해서 남몰래 강에 던진다. 꽃이 물속으로 떨어진다. 나는 평온하게 그렇게 10분을 보낸다. 아버지는 삼촌처럼 갇히는 것을 두려워했다. 하지만 삼촌은 다른 점에서는 아버지와 정반대였다. 도박꾼이었던 그는 개츠비 같은 스타일의 멋진 사내였다. 그가 식당에 들어가면 종업원들이 머리를 조아렸다. 그도 화장되었다. 삼촌의 마지막 아내는 그를 자기 가족과 함께 그들이 소유하고 있는 장엄한 무덤에 안장하고 싶어했다. 장의사 직원이 청동에 조각을 새긴 문을 조금 열고는 열두 개의 대리석 선반 가운데 첫 번째 선반 위에 유골 단지를 올려놓았다. 무덤에서 돌아오는 자동차 안에서 아버지가 중얼거렸다. 넌 평생 동안 어디든 대문을 활짝 열고 들어간다고 뻐겨놓고 결국 마지막에는 다 열리지도 않은 문을 통해 슬며시 들어가는구나. 다른 사람 손에 쥐어져 아무렇게나 흔들리면서 말이다. 나도 아버지처럼 물속

행복해서 행복한 사람들

으로 들어가는 편이 좋겠다. 하지만 내 소유지 '플루구장 릭 Plou-Gouzan L'Ic'을 팔아버린 이후 내겐 이제 시내가 있는 땅이 없다. 어린 시절 놀던 시내가 있지만 그건 이제 그리 유쾌하게 여겨지지 않는다. 그 강은 황량하며 돌 사이로 풀이 삐죽삐죽 자라나고 흐름을 따라 인동덩굴이 우거졌다. 오늘날 강의 사면 은 콘크리트로 덮였고 옆으로는 주차장이 생겼다. 그럼 바다는 어떨까. 하지만 바다는 너무 광대하다(그리고 나는 상어가 무섭 다). 내가 자네트에게 말한다. 내 뼛가루를 물에 던져줬으면 좋 겠어. 그런데 어떤 물에 던져질지는 아직 정하지 않았어. 자네 트가 토스터를 끈다. 걸려 있는 행주에 두 손을 닦고 내 앞에 와 앉는다. 당신 뼛가루? 당신은 화장되고 싶어, 에른스트? 그녀 의 얼굴에 강한 당혹감이 어린다. 지독한 절망감 같은 것이. 나 는 고약하게 이를 드러내며 웃는다. 그래. 그리고 지금 당신은 그걸 소나기에 대해 이야기하듯이 아무렇지도 않게 이야기하고 있는 거야? 이게 무슨 대단한 화젯거리가 된다고 그래. 그녀가 입을 다문다. 그녀가 식탁보를 손으로 쓸어 편다. 내 생각이 좀 다르다는 건 당신도 알 거야. 알아, 하지만 난 지하 묘지 안에 갇히고 싶진 않아, 자네트. 당신은 모든 걸 돌아가신 아버님처 럼 하지 않아도 돼. 일흔일곱 살이나 되었잖아. 자기 아버지를 따라 하기에 좋은 나이지. 나는 다시 안경을 쓴다. 내가 말한다.

제발 내가 이걸 좀 읽을 수 있게 해줄래? 당신은 나를 단도로 찔러놓고 읽던 신문을 마저 읽는군. 그녀가 말한다. 화면에 얼른 신문이 떴으면 좋겠다. 하지만 비밀번호를 쳐야 한다. 아이디가 뭐였더라? 내 딸 오딜은 나를 재교육하고 싶어한다. 오딜은 내가 녹슬고 고립될까 봐 두려워한다. 내가 현장에 있었을 때는 아무도 내게 오늘날의 기준에 맞출 것을 요구하지 않았다. 화면 위에 뒤틀린 형태들이 파닥거리며 떠오른다. 그 장면을 보자 어릴 때 눈앞에서 날아다니던 파리들이 생각난다. 당시 나는 그 파리들에 대해 함께 있던 여자 친구에게 물었다. 저거 혹시 천사야? 여자 친구는 나에게 그렇다고 대답했다. 그 말을 들은 나는 어떤 자부심을 느꼈다. 하지만 이제는 아무것도 믿지 않는다. 그런 종교적인 어리석음 같은 건 어떤 종류든 전혀 믿지 않는다. 하지만 천사들은 좀 믿는다. 반짝이는 별들도. 그리고 극히 작다고 해도 우주의 인과론 속에서의 내 역할도. 스스로가 어떤 전체의 일부라고 상상해서 안 될 이유가 어디 있는가. 자네트가 토스트나 마저 만들지 애꿎은 행주를 가지고 뭘 하고 있는지 모르겠다. 그녀가 행주의 귀퉁이를 꼬아서 집게손가락에 둥글게 감는다. 그 때문에 나는 도무지 신문에 집중할 수 없다. 나는 아내와 진지한 토론을 할 수가 없다. 자기 자신을 이해시킨다는 것은 불가능한 일이다. 그런 일은 불가능하다. 특히 모

행복해서 행복한 사람들

든 것이 형사 법정으로 갈 수 있는 부부생활에서는. 자네트가 건조한 동작으로 행주를 풀어버리고는 음울한 목소리로 말한다. 당신은 나와 함께 있고 싶지 않은 거지? 당신과 어디에서 함께 있는 건데? 내가 묻는다. 그냥 나랑 함께. 당연히 당신이랑 함께 있고 싶지, 자네트. 난 당신이랑 함께 있고 싶어. 아닌 것 같아. 죽은 다음엔 모두 혼자야. 그 행주 가지고 만지작거리는 것 좀 그만둬. 도대체 뭐 하는 거야? 당신 부모님이 함께 묻히시지 못한 게 나는 늘 안타까웠어. 당신 누이도 나랑 생각이 같아. 아버지는 브레브 강 속에서 아주 행복하실 거야. 내가 말한다. 그리고 어머니는 슬프시겠지. 자네트가 응수한다. 우리 어머니가 불행하다니! 내 말투가 다시 거칠어진다. 어머니가 아버지의 뜻을 따르셨으면 좋았을 거야. 당신이 지하 가족 묘지에 들어갈 자리를 마련하기 위해 조부모님의 시신을 화장하는 대신 말이야. 어머니에게 그러라고 강요한 사람 없잖아? 당신은 괴물이야, 에른스트. 새로울 것도 없는 비난이군. 내가 대답한다. 자네트는 나를 자신과 함께 합장시켜 산책하는 이들이 우리 두 사람의 이름이 나란히 새겨져 있는 걸 보게 하고 싶은 것이다. 그녀는 우리 결혼생활에서 있었던 모든 모욕을 영원히 지워버리고 싶은 것이다. 과거에 내가 외박을 하면 그녀는 다음 날 가정부가 오기 전에 내 파자마를 구겨놓았다. 그러니까 아내는 남의 말 하기 좋아하는 사람들에게 확실히 쐐기를 박기 위해 무덤에 기대를 걸고 있다. 그녀는 죽어서까지도 프티부르주아로 남고 싶은 모양이다. 빗방울이 포석을 강하게 두드린다. 내가 브레오몽주에서 랑발(다니던 기숙학교가 있었다)로 돌아오던 어느 날이 기억난다. 저녁 바람이 불고 있었다. 나는 흘러내리는 물에 코를 가져다대었다. 에른스트 르낭(프랑스의 철학자, 역사가, 종교학자. 프랑스 비판철학의 대표자─옮긴이)은 이렇게 썼다. "종소리가 오후 5시를 알릴 때⋯." 책 제목이 뭐였더라. 그 책을 다시 읽고 싶다. 자네트가 행주를 만지작거리는 것을 멈추었다. 그녀는 선명하지 못한 빛을 멍하니 바라본다. 젊었을 때 그녀에게는 좀 시큰둥한 태도가 있었다. 젊은 시절 그녀는 여배우 쉬지 들레르를 닮았다. 시간은 얼굴에 깃든 영혼도 변화시킨다. 내가 말한다. 난 커피 한 잔 마실 권리도 없는 거야? 그녀가 어깨를 으쓱해 보인다. 도대체 어떤 하루가 될지 궁금하다. 지난날 나는 낮과 밤의 현기증 나는 이런 반복에 그 어떤 관심도 기울이지 않았다. 심지어 나는 아침인지 오후인지조차 의식하지 못했다. 관청에 갔고, 은행에 갔으며, 여자들의 꽁무니를 쫓아다녔을 뿐, 실제로 그 결과를 걱정한 적은 한 번도 없었다. 여자들 뒤를 쫓아다니고 싶은 욕구가 아직 좀 남아 있긴 하지만 일정 나이 이후에는 그 준비작업이 피곤하게 느껴진다. 자네트가

행복해서 행복한 사람들

말한다. 화장을 선택한다 해도 꼭 뼛가루를 뿌려야 하는 건 아니야. 나는 대꾸조차 하지 않는다. 대신 노트북을 들여다보는 척한다. 나는 새로운 학습에 반대하지는 않지만 도대체 무엇을 위해서 그래야 한단 말인가? 뇌세포를 자극하기 위해서예요. 딸아이가 말한다. 그게 세상에 대한 내 비전을 바꿔줄까? 시체의 가루를 더하지 않더라도 이미 대기는 꽃가루와 오물들로 충분히 더러워. 그럴 필요가 없는 일이야. 자네트가 말한다. 당신이 싫으면 다른 사람에게 부탁할게. 내가 말한다. 오딜이나 로베르에게. 아니면 장에게 하면 된다. 하지만 나는 그 바보 같은 친구가 나보다 먼저 세상을 떠나지 않을지 걱정스럽다. 지난 화요일 그의 모습이 그리 좋아 보이지 않았다. 내 뼛가루를 브레브 강에 뿌려줘. 아버지를 찾아갈래. 주의할 건 단 하나, 그 어떤 예식도 하지 말라는 거야. 장례식도 싫고 그 밖에 우스꽝스러운 행사도 싫어. 축성이나 싫증나는 말들도 싫어. 어쩌면 내가 당신보다 먼저 죽을지도 몰라. 자네트가 말한다. 아니, 안 그럴걸. 당신은 튼튼하잖아. 만약 내가 당신보다 먼저 죽으면 말이야, 에른스트. 내 시신을 축성해주고 당신이 로크브륀에서 내게 어떻게 청혼했는지를 사람들 앞에서 말해주었으면 좋겠어. 딱한 자네트. 이제는 어렴풋한 기억에 지나지 않는 그 시절, 나는 중세의 지하 독방에 그녀를 가두어놓고 구멍을 통해 그녀의 손을 청했다. 만약 그녀가 이제 내게 로크브륀 같은 게 아무 의미도 없다는 것을 안다면 어떤 기분일까. 과거가 산산이 부서져 날아가버렸다는 것을 안다면. 두 존재가 나란히 살아가지만 두 사람의 상상력은 날이 갈수록 그들을 멀어지게 한다. 점점 더 결정적인 방식으로. 여자들은 마음속에 마법의 성을 쌓아올린다. 그 성 어딘가에서 당신은 미라가 되어 있지만 그 사실을 전혀 알지 못한다. 현실에는 어떤 방종도, 어떤 뻔뻔함도, 어떤 가혹함도 당할 수 없다. 영원의 시간에 이르면 우리는 청춘 이야기를 해야 하리라. 모든 것이 오해이고 마비에 지나지 않는다고. 그런 생각 하지 마, 자네트. 난 당신보다 먼저 사라지는 게 행복해. 당신은 내 화장식에 참석하겠지. 지금은 옛날처럼 돼지를 굽는 것 같진 않을 거야. 안심해. 자네트는 의자를 뒤로 밀며 자리에서 일어선다. 그녀가 행주를 식탁 위에 팽개친다. 그녀가 가스레인지를 끈다. 그 위에 놓인 내 몫의 달걀은 이미 물이 졸아버렸다. 이어 토스터의 전원을 끈다. 주방을 나서면서 그녀가 내게 쏘아붙인다. 아버님이 돌아가신 후 시신을 토막내라고 하지 않은 게 다행이야. 그랬다면 당신도 몸을 조각내라고 했을 테니까. 그녀가 천장의 전등까지 끈 것 같다. 햇빛이 거의 들지 않는 날이라 나는 어두운 주방 안에 앉아 있다. 주머니에서 골루아즈 담뱃갑을 꺼낸다. 나는 닥터 에이윤에게 담배를 끊겠다고 약속했다. 또 샐러드를 먹고 구운 스테이크도 먹겠다고 했다. 이 에이윤이라는 의사는 친절하다. 지금 담배 한 개비를 피운다고 해서 죽지는 않겠지. 내 눈길이 여러 해 전부터 벽에 걸려 있던 나무로 된 새우잡이 그물 위에 멎는다. 50년 전에 누군가 그것을 해초 아래 단층 속으로 빠뜨렸겠지. 과거에 자네트는 그 그물 속에 타임, 월계수, 각종 허브 다발을 넣어두었다. 물건들이 쌓이고 더 이상 아무 쓸모가 없어진다. 우리 역시 쓸모가 없어진다. 나는 한결 조용해진 빗소리를 듣는다. 바람소리도. 나는 노트북 덮개를 닫는다. 우리 눈앞에 있는 모든 것은 이미 지나갔다. 나는 슬프지 않다. 사물은 사라지기 위해 생겨난다. 나는 아무 이야기도 남기지 않고 사라질 것이다. 관도, 뼈도 남기지 않을 것이다. 모든 것은 언제나처럼 이어질 것이다. 모든 것은 물속에서 즐겁게 시작될 것이다.

필리프 슈믈라

나는 사랑의 고통이라면 기꺼이 감수할 것이다. 어느 날 밤, 극장에서 이런 구절을 들었다. "내밀한 성관계가 끝날 때의 슬픔, 우리는 그것에 익숙하다. (…) 그렇다. 우리는 그 슬픔을 직면할 줄 안다." 사뮈엘 베케트의 〈오 아름다운 날들이여〉에 나오는 대사다. 아름다운 슬픔의 날들 같은 건 나는 모른다. 나는 합일을, 동화를 꿈꾸지 않는다. 지속적이건 지속적이지 않건 간에 어떤 감상적인 행복도 꿈꾸지 않는다. 나는 슬픔의 어떤 형태를 경험하고 싶다. 그걸 가늠해본다. 어쩌면 이미 경험했는지도 모른다. 유년의 격통과 결핍 사이 어딘가에 자리 잡은 그 느낌. 나는 욕망하는 수백 개의 육체들 가운데로 무너지고 싶다. 나를 상처 입힐 재능을 지닌 한 육체 위로 무너지고 싶다. 그 육체가 멀리 있다 해도, 정신을 딴 데 팔고 있다 해도, 침대에 누워 내게 등을 돌리고 있다 해도. 가죽을 벗겨낼 칼날을 은밀히 지닌 연인 위로 무너져 내리고 싶다. 그건 사랑의 서명이다. 나는 그 사랑의 서명을 오래전, 그러니까 의학 공부에 시간을 모두 빼앗기기 전 읽은 책들에서 배웠다. 형과 나 사이에는 결코 말이 없었다. 내가 열 살 때 형이 내 침대로 왔다. 형은 나보다 다섯 살 많았다. 방문이 살짝 열려 있었다. 나는 그 일이 무엇을 의미하는지 잘 이해하지 못했지만 해서는 안 될 금지된 일이라는 것은 알았다. 우리가 정확히 무엇을 했는지 기억나지 않는다. 여러 해에 걸쳐 애무와 마찰이 있었다. 형이 오르가슴에 이르렀던 날, 내가 처음으로 쾌감을 느꼈던 날이 기억난다. 그뿐이다. 우리가 성교를 했는지는 확실하지 않다. 하지만 그 일이 이후 내 삶에 차지한 비중으로 미루어보면 형이 내게 그 행위를 한 것은 분명하다. 그 일은 형이 결혼할 때까지 이어졌는데, 시간이 지남에 따라 형에게 가서 부추긴 쪽은 나였다. 우리 사이에는 한 마디 말도 없었다. 내가 모습을 나타냈을 때 "안 돼"라는 한 마디 외에는. 형은 "안 돼"라고 말했지만 항상 나를 받아들였다. 형과 나 사이에서 벌어진 일 가운데 내가 기억하는 건 침묵뿐이다. 상상의 삶을 유지하기 위한 눈빛이나 말 같은 건 없었다. 감정과 섹스 사이의 그 어떤 우연의 일치도 없었다. 우리집 마당 한구석에 차고가 있었다. 나는 깨진 유리창을 통해 거리를 내다보았다. 어느 날 밤, 도로 청소부 하나가 나를 보고 윙크를 했다. 밤, 어둠, 청소 수레 위에 누운 남자. 그 후 내 나이가 그들보다 많아지자 나는 청소부들을 찾아 나섰다. 아버지는 잡지 〈살아 있는 아프리카〉를 구독했다. 거기에는 기니 공화국의 청년 모습이 실려 있었다. 그것이 내 첫 포르노 잡지였다. 무광택 종이 위의 무광택 육체들. 페이지 위에서 번쩍이는 반라의 우람한 농부들. 나는 침대 위 벽에 네페르티티의 사진을 걸어놓았다. 그녀는 건드릴 수 없는 어둠의 아이콘처럼 불침번을 서주었다. 기숙학교에 가기 전에는 공원으로 가서 아랍인들에게 몸을 맡겼다. 나는 이렇게 말했다. 내 몸을 이용하세요. 어느 날 층계에서 서로 옷을 벗는데, 상대가 내 돈을 훔치려 애쓰는 것 같았다. 내가 물었다. 돈 줄까? 그는 내 품에 몸을 던졌다. 상황이 단순해졌다. 거의 다정해질 정도였다. 아버지는 내 삶의 중요한 한 부분에 대해 전혀 모른다. 아버지는 올곧은 사람으로 부자관계에 집착한다. 충실하고 선한 유대인이다. 나는 종종 아버지를 생각한다. 돈을 지불하게 된 이후 좀더 자유로워진 것 같다. 권력관계를 다시 편성할 필요가 있기는 하지만 내 위치는 훨씬 합법적이다. 나는 몇몇 청년들과 토론을 벌인다. 나는 그들의 삶을 걱정하고 그들을 존중한다. 나는 아버지에게 애매하게 말한다. 내게는 분명 결점이 있지만 삶의 큰 줄기는 지키고 있다고. 토요일 저녁이면, 때로는 주중에 진료를 마치고 나서 모임이 없을 때면 나는 숲으로, 영화관으로, 내게 맞는 청년들이 있는 구역으로 간다. 나는 그들에게 말한다. 난 음경이 큰 게 좋아. 나는 성기를 보여달라고 한다. 그들은 그걸 꺼낸다. 발기되어 있기도 하고 아니기도 하다. 얼마 전부터 상대를 선택할 때 나는 그가 상대를 때릴 줄 아는지 묻는다(때려준다고 해서 돈을 더 내지는 않는다. 때리는 건 흥정 사항이 아니다). 그렇게 상대를 고른 후 가는 길에 질문을 던졌다. 오늘 나는 먼저 이렇게 묻는다. 그건 미완의 질문이다. 진짜 질문은 이런 게 될 것이다. 당신 때릴 줄 아나? 그 말이 입 밖에 나오자마자 이런 질문이 떠오른다. 당신 자위하나? 그런 질문은 할 수 없다. 이런 말도 할 수 없다. 나를 위로해줘. 내가 할 수 있는 말은 기껏해야 내 얼굴 좀 만져줘 정도다. 그 이상의 말은 차마 할 수 없다. 존재하긴 하지만 할 수 없는 말들이 있다. 자위하게 해줘라는 말은 기묘한 명령형이다. 나를 핥아, 나를 갉겨, 나에게 키스해, 당신 혀를 넣어 등과 같은 다른 모든 명령형 가운데에서 나를 위로해라는 말만큼은 상상할 수 없다. 내가 진정으로 원하는 것은 입 밖으로 꺼낼 수 없다. 얼굴 가격당하기, 내 얼굴을 매질에 드러내기, 내 입술을, 내 치아를, 내 두 눈을 상대의 처분에 맡기기, 그 다음에 생각지도 못한 때에 갑작스럽게 애무당하기, 새롭게 적절한 리듬으로, 적당한 박자로 맞기. 그러면 나는 상대의 품 안에서 키스로 뒤범벅된 채 쾌감을 느낄 것이다. 이런 완벽함은 존재하지 않는다. 사랑이라는 것으로는 가능할지도 모르지만 나는 그런 경지를 알지 못한다. 돈을 지불한 후, 상대에게 행동을 지시할 수 있게 된 후 나는 나 자신으로 돌아온다. 현실에서 할 수 없었던 것을 한다. 무릎을 꿇고 굴복한다. 두 무릎을 땅속에 처박는다. 완벽한 복종 상태로 돌아간다. 돈은 뭐가 되었든 간에 우리를 애착으로 묶어준다. 이집트 사내는 내 얼굴에 자기 두 손을 올려놓았다. 그는 내 얼굴을 감싸쥐었다. 내 두 뺨에 손바닥을 가져다대었다. 내 귀에 염증이 생겼을 때 어머니가 해주셨던 것처럼. 어머니는 당신 손으로 내 얼굴의 열을 식혀주고 싶었던 모양이다. 그런 경우를 제외하고 평소 어머니는 쌀쌀맞은 편이었다. 이집트 사내가 내 입술을 핥는다. 그는 지난날 청소부들이 그랬던 것처럼 어둠 속으로 사라졌다. 그 후 나는 그를 찾아다닌다. 나는 인도 위를 잰걸음으로 걷고 숲 속으로 들어간다. 그는 거기 없다. 노력하면 아직도 내 입술 위의 그의 축축한 혀를 떠올릴 수 있다. 내가 모르는 그 무엇의 아찔한 응축. 내 환자 가운데 하나인 장 에랑프리가 내게 릴케의 《두이노의 비가》를 가져다주었다. 내가 애착을 가지고 있는 환자다. 그가 내게 말했다. 시집이에요, 선생님. 혹시 읽으실 시간이 날까요? 그는 내 앞에서 책을 펼쳐 처음 몇 단어를 읽어주었다(나는 그의 접착식 패치가 지난번 만났을 때보다 작아진 것을 눈여겨보았다). "내가 울부짖는다면, 천사의 대열에서 누가 내 말을 들어주리?" 작은 책이었다. 그는 내 침대 맡에 그 책을 놓았다. 나는 그 구절을 다시 읽으며 에랑프리의 억제된 듯한 목소리를, 그의 물방울무늬 넥타이와 장식손수건 판타지를 생각했다. 그 시는 몇 주 전부터 스탠드 아래서 나를 기다리고 있다. 나는 매일 아침 6시 30분에 일어난다. 그로부터

1시간 뒤에 첫 환자를 본다. 하루에 30명의 환자를 볼 수 있다. 나는 학생들을 가르치고, 방사선치료와 종양학 국제학술지에 논문을 쓰며, 1년에 15개의 회의에 참석한다. 내게는 더 이상 삶을 조망할 시간이 없다. 친구들이 때때로 나를 극장에 데려간다. 최근에는 〈오 아름다운 날들이여〉를 관람했다. 작열하는 태양 아래 작은 양산. 땅에 이끌려 점점 빠져드는 육체, '가벼운 마음'을 유지하려 애쓰면서 자그마한 기쁨을 즐기는 존재. 난 그걸 경험으로 안다. 매일 그것에 경탄한다. 하지만 다른 말들을 듣고 싶은지는 확신할 수 없다. 시인들은 시간 감각이 없는 이들이다. 그들은 쓸데없는 우울 속으로 사람을 끌어들인다. 나는 그 이집트 사내에게 전화번호를 달라고 하지 않았다. 대개 나는 아무 요구도 하지 않는다. 그래 봤자 무슨 소용이겠는가? 이윽고 전화번호들을 알게 될 때가 온다. 하지만 그의 경우는 달랐다. 그는 내 안 어딘가에 뭐라 정의할 수 없는 흔적을 남겨 놓았다. 어쩌면 그건 사뮈엘 베케트의 고약한 재능과 관계된 것인지도 모른다. 내가 숲 속에서, 파시의 울타리 뒤에서 찾는 건 그 이집트 사내가 아니다. 그를 한 번도 본 적 없는 곳까지 가서 그를 찾았지만 말이다. 내가 찾는 건 슬픔의 냄새다. 우리가 예측할 수 있는 것보다 더 깊은, 현실과 전혀 상관없는 만져지지 않는 어떤 것. 내 삶은 아름답다. 나는 하고 싶은 것들을 하며 산다. 아침마다 나는 기둥처럼 일어난다. 나는 내가 강하다는 걸 깨달았다. 나는 결정할 채비가 되었다고, 위험을 무릅쓸 준비가 되었다고 말하고 싶다. 내 환자들은 내 휴대전화 번호를 알고 있다. 그들은 언제든 내게 전화할 수 있다. 나는 그들에게 많은 신세를 지고 있다. 나는 그들과 눈높이를 맞추고 싶다(내가 최신 자료들을 공부하고, 오래전부터 일반 의원이 아니라 암 연구 의원에서 일하는 것은 이런 이유에서이기도 하다). 나는 오래전부터 죽음이 존재한다는 것을 알고 있었다. 나는 의학을 공부하기 전에 머릿속에 시계를 가지고 있었다. 그 점에 대해 형을 원망하지는 않는다. 내 삶에서 형이 차지하는 자리가 어떤 건지 나는 모른다. 인간은 그 어떤 인과론으로 정리할 수 없을 만큼 복잡하다. 어쩌면 그 침묵의 세월이 없었다면 나는 섹스와 사랑이 어우러지는 어떤 관계의 심연을 직면할 용기를 낼 수 있었을지도 모르겠다. 그걸 누가 알겠는가? 대개 나는 일이 끝난 후 돈을 치른다. 그러니까 대부분의 경우 상대가 나를 믿어주어야 한다. 무슨 우정의 담보물처럼 말이다. 나는 그 이집트 사내에게 먼저 돈을 지불했다. 어쩌다 보니 그렇게 된 것뿐. 그는 내가 준 지폐를 주머니에 넣지 않고 손에 쥐고 있었다. 내가 그의 성기를 빠는 동안 그 지폐가 내 시야를 어지럽혔다. 그는 그것을 내 입속에 넣었다. 나는 음경과 돈을 동시에 빨았다. 그는 돈을 내 입속에 넣고 자기 손을 내 얼굴 위에 올렸다. 그 누구도 알지 못할 미래 없는 서약. 어릴 때 나는 어머니께 땅에서 주운 밤이나 자갈을 가져다드렸다. 또한 짧은 노래도 불러드렸다. 쓸데없는 동시에 사라지지 않는 선물들. 내게는 현재라는 유일한 실재로 환자들을 설득하는 경우가 종종 있다. 그 이집트 사내는 내 입속에 지폐를 넣고 한 손을 내 얼굴 위에 올렸다. 나는 그가 준 모든 것을 받았다. 그의 성기, 돈, 쾌감, 슬픔을.

룰라 모레노

아네르스 브레이비크, 69명을 총으로 쏘아 죽이고 다시 8명을 폭탄으로 죽인 이 노르웨이인은 오슬로의 법정에서 이렇게 말했다. 나는 평소 아주 친절한 사람이다. 이 구절을 읽었을 때 나는 즉각 다리위스 아르다시르를 떠올렸다. 평소, 그러니까 나를 파괴하려고 애쓰지 않을 때 다리위스 아르다시르는 매우 호감 가는 사람이다. 그의 여자인 나를 제외한 모든 이가 그렇게 느낄 것이다. 불행히도 그에게 집착하는 모든 여자는 제외해야 한다. 그가 괴물이라는 건 아무도 모른다. 오늘 아침 나를 인터뷰한 여기자는 행동이 조심스럽고 차를 마실 때 신경을 긁는 일련의 의식을 동원하는 그런 스타일의 여자였다. 어제 저녁 6시경 다리위스 아르다시르가 내게 말했다. 15분 내로 전화할게. 하지만 탁자 위에 놓인 내 휴대전화는 울리지도, 불이 켜지지도 않는다. 지금은 정오다. 밤 동안 나는 거의 미칠 뻔했다. 여기자가 묻는다. 당신은 이제 막 서른 살이 되었는데요. 무슨 소원이 있나요? 소원이 백 개는 되는데요. 그 가운데 하나만 말해주세요. 내가 말한다. 수녀 역할을 해보고 싶어요. 또 구불구불 웨이브가 있는 긴 머리칼을 갖고 싶어요. 허를 찌르는 대답 아닌가. 나는 재치 있는 대답을 하고 싶다. 그저 피상적인 이야기만 할 수 없다. 수녀라고요! 여기자가 약간 비웃는 듯한 미소를 짓는다. 내가 그 역할에 알맞은 배우가 아니라는 사실을 확인시키려는 듯하다. 안 될 건 뭐죠? 당신의 가장 큰 단점은 뭐라고 생각하나요? 너무 많아서 다 말할 수가 없네요. 특히 고치고 싶은 단점을 든다면요? 제 고약한 취향이요. 당신 취향이 고약한가요? 어떤 부분에서 그런가요? 내가 대답한다. 남자 취향 말이에요. 나는 즉시 그 말을 입 밖에 낸 것을 후회한다. 난 항상 말이 너무 많은 편이다. 우리 옆에서 어린 여자애가 탁자를 닦는다. 아이는 성냥갑을 옮겨놓고 디저트 메뉴를 다른 탁자 위로 옮긴 다음 젖은 행주로 밀랍이 칠해진 목재 위를 보기 좋게 팔을 돌려가며 닦는다. 이윽고 모든 것을 이전의 자리로 도로 가져다놓은 다음 자리를 뜬다. 바 옆에서 다른 일거리를 달라고 말하는 아이의 모습이 내가 앉은 자리에서 보인다. 정직원이 아이에게 텐트 모양으로 접힌 광고 카드들이 담긴 쟁반을 건넨다. 정직원이 아이에게 빈 탁자를 가리킨다. 아이는 탁자를 돌며 제비꽃 화분 옆에 그 카드를 내려놓느라 바쁘다. 나는 아이의 진지한 태도가 참 마음에 든다. 여기자가 묻는다. 원하는 남성상이 있나요? 내 귀에 내 목소리가 들려온다. 위험하고 불합리한 사내들이요. 나는 킥킥거리며 그 말을 음미한다. 이 말은 쓰지 말아요, 마담. 말도 안 되는 소리를 했네요. 유감이네요. 난 잘생기고 매끈한 〈매드 맨〉 타입의 남자들에겐 끌리지 않아요. 인상을 쓰고 과묵하고 땅딸막하고 우락부락한 사내를 좋아하죠. 나는 이 주제에 대해 길게 말할 수 있었지만 올리브 씨가 목에 걸리는 바람에 숨이 막힐 뻔했다. 내가 말한다. 지금 말한 거 전부 쓰지 말아요. 이미 썼는데요. 기사로 쓰지 말라는 거예요. 전혀 재미있지 않으니까요. 아니, 반대로 무척 재미있는데요. 난 나 자신에 대해 이런 식으로 말하고 싶진 않아요. 독자들은 알 권리가 있어요. 이건 당신이 독자들에게 주는 선물이에요. 여기자는 깔고 앉은 스커트 자락을 바로잡고 차를 우릴 더운 물을 더 달라고 청한다. 나는 올리브를 다 먹고 두 잔째의 보드카를 주문한다. 알고도 속는다. 이런 사람들에게는 내 말이 별로 먹히질 않는다. 여기자가 내게 혹시 감기에 걸렸느냐고 묻는다. 내가 대답한다. 아뇨, 왜요? 그녀는 실제로 들으니 내 목소리가 더 저음이라고 말한다. 그녀는 내 억양이 은밀하다고 말한다. 나는 바보처럼 웃는다. 그녀는 그런 바보스런 말로 나를 즐겁게 했다고 여기는 것 같다. 탁자 위에 놓인 내 휴대전화는 쥐 죽은 듯 잠잠하다. 전화나 메시지가 오는 그 어떤 기미도 없다. 어린 여자애가 턱을 앞으로 쑥 내밀고 다시 소파 사이를 조용히 지나간다. 룰라 모레노라는 이름은 어디에서 따온 건가요? 당신 실명은 아니죠? 그건 샤를리 오딘의 노래에서 딴 거예요…. "탁자 귀퉁이의 헛된 약속들/초라한 매니저들의 침대 속에서/룰라는 당신을 기다리네, 멋진 날이 오기를/당신이 장식하는 저택들의 문 앞에서…" 실제로 멋진 날이 오나요? 노래 속에서 말인가요? 아뇨. 당신에게는 그런 날이 왔나요? 역시 아니에요. 나는 보드카 잔을 비우고 웃음을 터뜨린다. 사람이 웃을 수 있다는 건 정말 멋진 일이에요. 마치 조커 같아요. 어떤 방향으로든 통하죠. 아이가 가버린다. 비옷을 입고 책가방을 들자 다시 어린이가 된다. 유리가 끼워진 나무문 뒤로 아이가 모습을 감추는 순간, 다리위스 아르다시르가 들어서는 것이 보인다. 나는 그가 이 바로 오리라는 걸 알고 있었다. 솔직히 말하면 그를 만날 수 있으리라는 간절한 희망을 품고 이 바를 인터뷰 장소로 골랐다. 다리위스 아르다시르는 평소처럼 짙은 색 양복과 넥타이를 맨 공모자들과 함께가 아니다(나는 그가 실제로 무슨 일을 하는지 전혀 모른다. 그는 이름이 어느 날은 정치와 연관되었다가 바로 다음 날은 산업체나 무기 판매와 연관되는 그런 종류의 사내다). 그는 어떤 여자와 함께다. 나는 단숨에 잔을 비우고 내려놓는다. 혀가 타는 것 같다. 나는 술 마시는 데 익숙지 않다. 특히 아침에는. 여자는 키가 크고 금발을 당겨 묶어 뒤로 쪽진 고전적인 형이다. 다리위스 아르다시르는 그 여자를 구석으로, 피아노 옆에 놓인 소파로 안내한다. 그의 머리카락은 젖어 있다. 그는 여자의 움푹 들어간 등에 한 손을 올려놓고 있다. 여기자의 질문이 내 귀에 들어오지 않는다. 내가 묻는다. 죄송해요, 뭐

　　　　　　　　　　　행복해서 행복한 사람들

라고 했죠? 나는 종업원을 향해 한 손을 들어 올려 보드카를 한 잔 더 주문한다. 내가 여기자에게 말한다. 이게 날 깨워주거든요. 지난밤 별로 못 잤어요. 언제나 내 행동을 정당화해야 한다. 그건 불합리하다. 나는 서른 살이고, 유명하며, 그 어떤 낭떠러지에서도 춤을 출 수 있다. 다리위스 아르다시르는 돌고래무늬가 나염된 작은 우산을 접으려 애쓴다. 그는 지능 없는 돌고래들과 투쟁을 벌인다. 마침내 그는 힘으로 우산대를 납작하게 만들고 우산 자락을 아무렇게나 구기는 데 성공한다. 여자가 소리내어 웃는다. 그 모습을 보니 미칠 것 같다. 여기자가 묻는다. 어린 시절에 대해 향수 같은 걸 갖고 있나요? 그녀가 마치 귀가 잘 들리지 않는 이들에게 하듯 내 쪽으로 몸을 기울이고 있는 것으로 보아 그 질문을 이미 한 번 이상 한 모양이다. 아뇨, 전혀 그렇지 않아요. 난 어린 시절이 행복하지 않았어요. 얼른 어른이 되고 싶었어요. 내가 대답한다. 그녀가 다시 몸을 앞으로 기울이고 뭐라 말하지만 내 귀에는 들리지 않는다. 나는 휴대전화를 집어 들고 자리에서 일어선다. 내가 말한다. 잠시 실례해요. 나는 가능한 한 소리를 내지 않으려 애쓰며 화장실을 향해 걷기 시작한다. 보드카 때문에 몸이 조금 휘청거린다. 나는 거울 속에 비친 내 모습을 뜯어본다. 얼굴은 창백하고, 다크 서클이 내려와 있다는 걸 인정한다. 나는 매력적인 여자다. 휴대전화로 나는 메시지를 작성한다. 당신을 보고 있어. 나는 그 메시지를 다리위스 아르다시르에게 보낸다. 며칠 전 나는 그에게 말했다. 나는 그의 노예고 그가 나를 줄에 묶어놓길 원한다고. 다리위스 아르다시르는 자신은 복잡해지는 것을 원치 않으며 작은 트렁크 하나라도 번거로운 건 질색이라고 대답했다. 나는 스스럼없는 걸음으로 바로 돌아온다. 피아노 쪽은 쳐다보지 않는다. 내가 돌아오는 것을 보고 여기자의 얼굴에 반쯤 어머니 같은 표정이 떠오르며 밝아진다. 그녀가 말한다. 다시 시작할까요? 내가 대답한다. 그래요. 나는 자리에 앉는다. 그는 분명히 내 메시지를 받았을 것이다. 다리위스 아르다시르는 전화기에 매달려 사는 사람이다. 나는 허리를 젖히고 백조 같은 목을 길게 뽑는다. 무엇보다도 그가 있는 쪽을 바라보지 말아야 한다. 여기자가 자신의 수첩을 뒤적거리더니 이렇게 말한다. 아까 말씀하시기를… 맙소사. 아까 남자들은 사랑에 초대받은 이들이라고 하셨죠. 제가 그런 말을 했어요? 예. 그 문장은 나쁘지 않네요. 더 덧붙일 말 없나요? 내가 대답한다. 지금 여기서 담배를 피우면 욕을 먹을까요? 그녀가 대답한다. 그럴 것 같은데요. 내 휴대전화에 불이 들어온다. 다리위스 A.가 답장을 보낸 것이다. "안녕, 예쁜이." 나는 뒤를 돌아본다. 다리위스 아르다시르가 음료를 주문한다. 그는 베이지색 셔츠 위에 연밤색 재킷을

행복해서 행복한 사람들

입고 있다. 금발의 여자가 그와 사랑에 빠졌다는 것은 10킬로미터 밖에서도 알 수 있다. 그런데 아무 일도 없다는 듯이 "안녕, 예쁜이"라니. 다리위스 아르다시르는 오직 현재만을 사는데 천재적이다. 밤은 전날의 모든 흔적을 지우고 그의 말은 헬륨을 넣은 공들만큼 가볍게 튕겨 오른다. 내가 메시지를 보낸다. 누구? 다음 순간 나는 그런 메시지를 보낸 것을 후회한다. 아니, 난 상관없어. 다행히 이번에는 늦지 않게 메시지를 삭제한다. 여기자가 한숨을 내쉬고 소파 등받이에 몸을 기댄다. 내가 쓴다. 우리 어제 함께 저녁식사를 한 것 같은데? 아닌가?! 나는 메시지를 지우고, 또 지운다. 비난은 남자를 줄행랑치게 할 뿐이다. 우리가 사귀던 초기에 다리위스 아르다시르는 내게 이렇게 말했다. 난 당신을 머리로, 심장으로, 성기로 사랑해. 내가 그 문장을 가장 친한 친구인 레미 그로브에게 들려주자 그가 말했다. 그 남자 시인이군. 네 타입이야. 나도 그 문장을 시험해볼래. 어떤 헛똑똑이들에게는 통할 거야. 나에게는 멋지게 통한 셈이다. 나는 지나치게 미묘한 음악에는 취미가 없다. 나는 여기자에게 말한다. 무슨 이야기를 하던 중이었죠? 그녀가 고개를 젓는다. 그녀 자신도 이제 알 수 없는 것이다. 머리가 빙글거린다. 나는 종업원을 손짓으로 불러 가염 캐슈너트가 들어간 스낵을 다시 주문한다. 조금 전 보낸 "누구?"라는 메시지에게 지원군을 보낼 것이다. 그 메시지 하나로는 너무 약하니까. 그가 대답하지 않는 것을 보면. 한 가지 좋은 생각이 떠오른다. 나는 쓴다. 그 여자에게 말해. 당신이 사랑하는 건 처음뿐이라고. 탁월하다. 나는 그 메시지를 보낸다. 아니, 그것을 보내는 대신 더 효과적인 방법을 쓰기로 한다. 나는 한 번 더 종업원을 부른다. 그가 스낵과 캐슈너트를 가지고 온다. 나는 그에게 종이를 한 장 가져다달라고 말한다. 나는 여기자에게 말한다. 죄송합니다. 오늘 아침은 좀 정신이 없군요. 그녀가 완전히 낙담했다는 표시로 한 손을 힘없이 들어 올린다. 내겐 거북해할 시간이 없다. 종업원이 커다란 타이프 용지 한 장을 가져다준다. 나는 그에게 기다려달라고 청한다. 나는 맨 위에 문장을 하나 쓴 다음 종이를 조심스럽게 접는다. 나는 종업원에게 그것을 피아노 옆에 앉은 연밤색 재킷을 입은 남자에게 보낸 사람을 밝히지 말고 은밀히 전해달라고 부탁한다. 종업원이 끔찍할 정도로 명료한 목소리로 묻는다. 아르다시르 씨 말씀인가요? 나는 눈썹을 깜빡여 그렇다는 뜻을 전한다. 그가 자리를 뜬다. 나는 피스타치오와 캐슈너트가 섞여 있는 안주 접시에 코를 박는다. 피아노 옆에서 무슨 일이 벌어지는지 쳐다보지 말아야 한다. 여기자가 조금 전의 마비 상태에서 벗어난 모양이다. 그녀는 안경을 벗어 안경집 속에 넣고 자료를 정리하기 시작한다. 이런 상태에서 그녀를 보

행복해서 행복한 사람들

내고 혼자가 되어선 곤란하다. 내가 그녀에게 말한다. 이제 전 늙은 것처럼 느껴져요. 서른 살이 되면 스스로를 젊다고 여길 수가 없지요. 간밤에 전 잠을 못 잤어요. 이탈리아 작가 체사레 파베세의 일기를 읽었죠. 그 책 알아요? 그 책은 내 나이트 테이블 위에 놓여 있어요. 슬픈 이야기를 읽는 게 도움이 되거든요. "미치광이들, 저주받은 이들도 처음에는 어린아이였다. 그들도 당신처럼 장난을 쳤고, 뭔가 멋진 일이 자신들을 기다리고 있을 거라고 믿었다." 이건 쓰지 마요. 하지만 난 오랫동안 내가 이 분야에서 별똥별 이상은 못 될 거라고 생각해왔어요. 여기자가 불안한 눈길로 나를 바라본다. 딱하게도 그녀는 착한 사람이다. 종업원이 접힌 종이를 가지고 돌아온다. 나는 몸을 떤다. 나는 그 종이를 잠시 손에 쥐고 있다가 펼친다. 맨 위에 내가 쓴 문장이 있다. "그 여자에게 말해. 당신이 사랑하는 건 처음뿐이라고." 종이 맨 아래에 세련된 필체로 검은 글씨가 쓰여 있다. "언제나 그런 건 아냐" 그뿐이다. 마침표조차 없다. 이 말은 누구를 두고 한 말일까? 나일까? 저 여자일까? … 나는 피아노 쪽으로 고개를 돌린다. 다리위스와 그 여자의 분위기는 아주 좋다. 여기자가 내 쪽으로 몸을 기울이며 말한다. 뭔가 멋진 일이 당신을 기다리고 있었나 봐요, 룰라.

라울 바르네슈

나는 클로버 킹을 먹었다. 완전히 꿀걱한 건 아니지만 거의 다 먹은 셈이다. 나는 클로버 킹을 입속에 넣고 그 가운데 일부를 잘게 찢어서 야수가 생살을 씹듯 질근질근 씹어먹는 극단적인 행위를 한 사람이다. 그게 내가 한 일이다. 나는 쥐앙레팽의 토너먼트에서 나 이전에 수십 명의 사람들이 만졌던 카드 한 장을 먹어버렸다. 기억나는 건 다만 시작이 잘못되었다는 것뿐이다. 엘렌과 함께 경기에 참가한 것. 여자들의 감상적인 종알거림에 넘어간 것. 여러 해 전 나는 이미 앞으로는 아내와 함께 그룹 게임을 해서는 안 된다는 것을 깨닫지 않았던가. 엘렌과 내가 조화로운 마음으로(이런 표현은 사실 과장된 것으로 브리지 게임에서는 불가능하다), 다시 말해 내 쪽에서 보면 어쨌든 너그러운 마음으로 게임을 할 수 있었던 시절, 적당한 단어를 찾자면 화해의 시절은 오래전에 끝장났다. 우리는 함께 페어 혼성 오픈 프랑스 챔피언십을 따내기도 했다. 행운이었다. 하지만 그 이후 우리의 결속은 빛을 잃었고 내 심장동맥에 악영향을 미쳤다. 내가 처음 엘렌을 만났을 때 그녀는 브리지 게임을 전혀 할 줄 몰랐다. 동료 하나가 우리가 밤마다 게임을 하던 카페로 그녀를 데리고 왔다. 당시 그녀는 비서 공부를 하고 있었다. 그녀는 자리에 앉아서 게임을 지켜보았다. 그녀가 다시 왔다. 나는 그녀에게 모든 걸 가르쳐주었다. 우리 아버지는 르노 사의 공구

제조 기술자였고 어머니는 양재사였다. 엘렌은 프랑스 북부 출신이었고 부모는 섬유공장 노동자였다. 오늘날은 모든 면에서 민주화가 되었지만 과거 우리 같은 계층의 사람들은 클럽에 갈 수 없었다. 나는 라비날 사에서 화학 기술자로 일하다가 게임을 하기 위해 모든 일을 그만두었다. 생투앙에서 낮 시간을, 클리시 광장의 다르시 카페에서 저녁 시간을 보내고 클럽으로 가는 것이다. 주말은 경마장에서 보냈다. 키 작은 엘렌이 나를 따라다녔다. 카드에 대한 열정은 전해줄 수 있는 것이 아니다. 머릿속에 별도의 칸이 있다. 카드라는 칸 말이다. 그걸 가지고 있지 않은 사람은 어쩔 수가 없다. 사람은 세상의 모든 교훈을 취할 수 있지만 어쩔 도리가 없는 것도 있다. 그런데 엘렌은 그 칸을 가지고 있었다. 나와 약간의 격차가 있긴 했지만 그녀는 꽤 훌륭하게 게임을 하게 되었다. 여자들은 보통 지루한 일에 집중하지 못한다. 우리는 13년 동안 따로 브리지 게임을 했다. 어느 날씨 좋은 날 아침, 잠에서 깬 엘렌이 말했다. 우리 함께 쥐앙레팽의 토너먼트에 다시 참가해보면 어떨까. 쥐앙레팽, 푸른 하늘, 바다, 카네 지방의 모텔에서의 추억, 그녀가 머릿속에 어떤 이미지를 가지고 있었는지는 아무도 모른다. 나는 싫다고 했어야 했다. 하지만 늙어가는 남자들이 모두 그렇듯이 그러자고 했다. 비극은 열일곱 번째 딜에서 일어났다. 남북 팀은 스페이드

행복해서 행복한 사람들

5로 신청했다. 나는 다이아몬드 2로 시작한다. 중요하지 않은 죽은 패다. 엘렌으로서는 에이스가 별로 중요하지 않은 패일 것이다. 엘렌은 클로버 에이스를 내놓는다. 남북 팀 가운데 북이 중요하지 않은 패를 내려놓는다. 나는 킹을 포함해 클로버 세 장을 가지고 있다. 나는 클로버 9를 내놓는다. 중요하지 않은 패다. 그런데 엘렌이 무슨 짓을 했는지 아는가? 내가 모든 걸 가르쳐준 이 여자, 이른바 일급 선수가 된 이 여자가 뭘 했는지 아는가? 그녀가 다시 다이아몬드를 낸다. 내가 클로버 9를 내려놓는 걸 보고도, 다이아몬드를 다시 내다니! 우리는 이미 세 차례 패를 따왔으므로 이제 남은 기회는 두 번뿐이었다. 그 게임 마지막에 나는 가지고 있던 클로버 킹을 보여주면서 소리쳤다. 이제 내가 이걸 어디 놓아야 하지? 먹어버릴까? 당신은 내가 죽었으면 좋겠어, 엘렌? 당신은 내가 이 큰 건물 한가운데에서 발작이라도 일으키길 바라? 나는 그녀의 코앞에 문제의 카드를 흔들어 보인 다음 입속으로 구겨 넣었다. 그걸 씹으면서 나는 힘주어 말했다. 내가 클로버 9를 갖고 있는 걸 봤잖아, 이바보야. 당신은 내가 시간이나 보내려고 클로버 9를 내놓은 줄 알아? 엘렌이 아연실색했다. 상대 선수들도 깜짝 놀란 듯했다. 그 모습을 보자 나는 흥분했다. 사람이 종이를 먹으면 즉시 구토감을 느낀다. 하지만 나는 턱을 힘차게 움직여 그것을 씹는

데 몰두했다. 주위 사람들이 동요하는 것이 느껴졌다. 웃음소리가 들려왔고 클리시 광장 시절부터 알고 지낸 오랜 친구 요르고 카토스가 다가오는 것이 보였다. 요르고가 말했다. 자네 도대체 뭐 하는 건가, 라울? 그 더러운 걸 당장 뱉게, 친구. 클로버 킹을 씹느라 매우 힘들어하며 내가 대답했다. 저 여자 장님 아냐? 그걸 어떻게 못 볼 수가 있느냐고? 맹인용 지팡이나 꺼내, 이 딱한 여자야! 요르고가 말했다. 실제로 그랬는지는 모르지만 그가 말한 것 같다. 자네는 지금 토너먼트를 치를 상태가 아닌 것 같네, 라울. 해변 같은 곳에 가는 게 좋겠네. 내가 기억하는 건 이 마지막 구절이다. 심판을 부르는 소리가 내 귀에 들려왔다. 탁자가 흔들렸고 엘렌이 자리에서 일어나 두 팔을 뻗었다. 나는 그녀의 손끝을 붙잡고 싶었다. 그녀가 내 머리 위에서 원을 그리며 다른 사람들과 함께 둥둥 떠다니는 것이 보였다. 내 몸에 다른 사람들의 몸이 닿는 것이 느껴졌다. 문득 구역감이 치밀어 게임 매트 위에 토했다. 그 다음은 기억이 없었다. 잠을 깨자 아니스 녹색으로 칠해진 낯선 방의 벽이 보였다. 나중에 알고 보니 우리가 묵고 있는 호텔방이었다. 문턱에서 세 사람이 나직한 어조로 이야기를 하고 있었다. 요르고와 엘렌, 그리고 또 한 사람은 내가 모르는 사람이었다. 이윽고 낯선 이가 방을 나갔다. 요르고가 침대 쪽을 바라보며 말했다. 저 친구 깨어났군. 요르고는 조제프 케셀과 똑같은 머리카락을 가지고 있다. 여자들이 좋아하는, 내가 질투하는 사자 갈기 같은 더벅머리. 엘렌이 내 머리맡으로 달려왔다. 괜찮아? 그녀가 내 이마를 부드럽게 어루만졌다. 내가 물었다. 무슨 일이 있었던 거야? 기억 안 나? 엊저녁 토너먼트 중에 당신이 신경 발작을 일으켰어. 자네가 클로버 킹을 먹었다네. 요르고가 말했다. 내가 클로버 킹을 먹었다고? 나는 몸을 일으키려 했지만 몹시 힘이 들었다. 엘렌이 내 뒤에 베개를 받쳐주었다. 햇살 한 줄기가 그녀의 얼굴에 비쳤다. 그녀는 언제나처럼 예뻤다. 내가 말했다. 내 귀여운 빌레트. 그녀가 내게 미소를 지어 보였다. 의사가 당신에게 진정제를 놨어, 룰리. (빌레트와 룰리는 우리가 서로를 부르는 애칭이다.) 요르고가 창문을 열었다. 아이들의 외침소리와 회전목마의 음악소리가 들려왔다. 그 순간 왠지는 모르겠지만 어릴 때 갔던 해수욕장에 놓여 있던 빈 회전목마, 바르바리 오르간, 잿빛 날씨 같은 묻혀 있던 이미지들이 한꺼번에 머릿속에 떠올랐다. 당시 우리는 캠핑 중이었다. 나는 간이식당의 차양 아래서 빙빙 돌아가는 동물 모형을 바라보며 저녁이 오기를 기다리고 있었다. 격렬한 슬픔이 나를 강타했다. 나는 생각했다. 이런, 이런, 저 정신 나간 의사가 도대체 나한테 무슨 주사를 놓은 거지? 난 이제 그만 가보겠네. 자네는 오늘 꼼짝 말고 누워 있어야 하네.

내일은 산책을 할 수 있을걸세. 바깥 공기, 바닷바람을 좀 쐬는 게 좋을 거야. 요르고가 말했다. 내가 요르고를 알게 된 것은 파리 17구 바티뇰 모퉁이에 있는 술집에서였다. 우리는 20년 친구다. 새벽 2시 다르시 카페가 문을 닫으면 우리는 카르디네 다리로 갔다. 우리는 해가 뜨고 지는 데 상관없이 통째로 이어진 삶을 살았다. 클럽에서 침대로, 침대에서 클럽으로. 우리는 모든 게임, 포커, 주사위 게임에 참여했고 뒷방에서 수많은 얼간이로부터 돈을 땄다. 브리지를 하며 즐겼고 국제대회에서 여러 차례 우승을 거두었다. 세상 사람 모두가 내게 자연과 산책을 권해도 그는 그러지 않을 사람이었다. 그 정도로 내 상태가 심각한 걸까? 내가 물었다. 도대체 무슨 일이 일어난 거지? 심각한가? 전혀 생각이 안 나, 룰리? 엘렌이 물었다. 내가 대답했다. 잘 생각이 나지 않아. 요르고가 말했다. 행운을 비네, 친구. 그는 엘렌을 얼싸안고 인사를 한 다음 방을 나갔다. 엘렌이 내게 물 한 잔을 가져다주었다. 그녀가 말했다. 게임이 끝날 무렵 당신이 크게 화를 냈어. 어째서 우리가 지금 토너먼트를 치르고 있지 않은 거지? 우린 실격당했어. 지금 들리는 회전목마의 노랫소리 속에 뭐가 있는지 모르겠어. 그 아코디언 소리에 당신이 왜 그렇게 울적해하는지 말이야. 내가 말했다. 창문 좀 닫아줘, 빌레트. 커튼도 쳐주고. 좀더 자야겠어. 다음 날 정오 무렵 내가 완전히 잠에서 깼을 때 엘렌은 꾸러미 몇 개와 새로 산 분홍 밀짚모자를 가지고 시내에서 돌아오는 길이었다. 내 상태가 매우 좋아 보인 모양이었다. 그녀도 자신이 사온 물건들 덕분인지 즐거워 보였다. 그녀가 말했다. 이거 어떻게 생각해. 너무 크지 않을까? 리본이 달린 것도 있었어. 그걸로 바꿔올 수도 있어. 어쨌든 당신 걸 사기 위해 다시 갈 거니까. 내가 말했다. 노인네들이나 쓰는 밀짚모자는 뭐하려고? 엘렌이 대답했다. 여기 햇빛이 너무 강해. 더군다나 당신은 일사병에 걸리면 안 되거든. 1시간 후 나는 구시가지에 있는 한 카페의 테라스에 앉아 있었다. 새로 산 선글라스와 밀짚모자를 쓰고. 엘렌은 관광 안내서를 한 권 사서 페이지를 넘길 때마다 탄성을 발하고 있었다. 그동안 나는 엘렌의 눈을 피해 〈파리 튀르프〉에서 내 마음에 드는 말들에 체크를 했다(나는 그 잡지를 살 수는 있었지만 이런 상황에서 경마 잡지를 읽어서는 안 되었다). 그 일을 다시 입에 올린 건 그녀였다. 갑자기 그녀가 말했다. 나는 당신이 많은 사람 앞에서 나를 바보 취급한 게 정말 마음에 걸려. 내가 당신을 바보 취급했어, 빌레트? 그것도 많은 사람 앞에서 그랬지. 그녀는 화가 난 아이 같은 표정을 지었다. 그건 정말 잘못한 일인걸. 내가 말했다. 게다가 맹인용 지팡이 운운하다니, 정말 괴상해. 자기 아내에게 그런 말을 할 순 없어. 맹인용 지팡이나 꺼내, 이 딱한 여자야라니. 500명의 사람들 앞에서 말이야. 500명이라니, 그건 좀 과장인걸. 이제 모두 이 사건을 알고 있어. 그때 난 제정신이 아니었어, 빌레트. 당신도 봐서 알잖아. 당신이 그 카드를 먹었다는 사실도 정말 걱정스러워. 나는 어깨를 으쓱해 보였다가 수치심을 느끼는 사람처럼 목을 움츠렸다. 날씨가 더웠다. 사람들이 너풀거리는 옷과 밀짚으로 짠 가방을 들고 우리 앞을 지나갔다. 아이들은 아이스크림을 먹고 있었고 젊은 여자들은 주렁주렁 장신구들을 달고 있었다. 나는 엘렌에게 무슨 말을 해야 할지 알 수 없었다. 알록달록한 사람들과 우중충한 사람들이 지나가는 것을 바라보기만 했다. 엘렌이 말했다. 우리 카레 요새에 가보는 건 어떨까? 아니면 고고학 박물관도 괜찮고. 페니키아와 그리스 선박에서 발견된 유물들이 있대. 꽃병과 보석들 같은 거. 굉장한걸. 근처 거리를 지나는데 경마 중계가 진행되고 있는 술집이 눈에 띄었다. 내가 말했다. 빌레트, 우리 잠시 따로 시간을 보내면 어떨까? 엘렌이 대답했다. 만약 당신이 저 바로 들어가면 난 당장 파리로 돌아가겠어. 그녀는 내가 둘둘 말아 주머니에 넣어놓은 〈파리 튀르프〉를 꺼내 사방으로 흔들어대기 시작했다. 함께하는 일이 아무것도 없다면 뭐하러 결혼을 해? 뭐하러 결혼을 하느냐고? 난 페니키아인들 같은 건 지루해, 빌레트. 페니키아인들이 지루하다면 토너먼트를 망치지 말았어야

행복해서 행복한 사람들

지. 토너먼트를 망친 건 내가 아냐. 당신이 아니라니? 미친 사람처럼 나를 모욕하고 토한 게 당신 아냐? 내가 그랬지. 하지만 그럴 만한 이유가 있었어. 우리는 도로 위에 서 있었고 차 한 대가 우리를 향해 요란하게 경적을 울려댔다. 엘렌이 쥐고 있던 잡지로 그 차의 보닛을 내리쳤다. 운전자가 차창을 통해 그녀에게 욕을 했다. 그녀가 소리쳤다. 꺼져! 나는 엘렌의 팔을 잡아 그녀를 인도로 잡아끌고 싶었지만 그녀는 호락호락 끌려오지 않았다. 당신은 다이아몬드 2로 시작했어, 라울. 그래서 나는 당신이 다이아몬드 으뜸패 가운데 하나를 가지고 있는 줄 알았어. 이런, 당신이 다이아몬드를 내주기를 내가 바랐다면, 클로버 2를 냈겠지. 하지만 당신이 세 번째 킹을 가지고 있다는 걸 내가 어떻게 알겠어? 물론 그걸 알 순 없었겠지만 내가 클로버 9를 낸다는 게 하나의 신호라는 생각은 해야 했어. 파트너가 클로버 9를 하나 낸다는 게 무슨 뜻이겠어, 엘렌? 그건 하나의 신호라고. 난 그걸 잘못 해석했어. 당신은 잘못 해석한 게 아니야. 당신은 도대체 카드를 들여다보질 않아. 벌써 여러 해 전부터 카드를 들여다보질 않는다고. 당신이 그걸 어떻게 알아. 더 이상 나와 게임도 하지 않으면서! 당신과 게임을 안 하는 게 당연하지! 우리 주위에 구경꾼들이 모여들었다. 엘렌의 분홍색 밀짚모자는 챙이 너무 넓었고(그 점에서는 그녀 말이 맞았다), 나는 모자를 쓴 내 모습이 우스꽝스럽게 여겨졌다. 엘렌의 두 눈은 젖어 있었고 코는 붉어지기 시작했다. 나는 그녀가 프로방스 지방의 귀고리 비슷한 걸 사서 걸고 있는 것을 보았다. 문득 내 인생의 여자인 그녀에 대한 애정이 복받쳤다. 내가 말했다. 미안해, 빌레트. 내가 아무것도 아닌 일로 신경을 곤두세웠어. 자, 당신이 말한 그 박물관에 가자. 귀 달린 옛날 항아리들 같은 걸 보는 게 내게 도움이 될 거야. 내가 그녀를 끌고 가는 동안(구경꾼들에게 가볍게 간다는 손짓을 하면서) 엘렌이 말했다. 옛날 돌 같은 게 지루하면 다른 데 갈까, 룰리? 전혀 지루하지 않아. 자, 잘 봐. 내가 말했다. 나는 엄숙하게 그녀의 손에서 〈파리 튀르프〉를 잡아채 쓰레기통에 던져버렸다. 우리는 서로 허리를 감싸안고 사람 많은 골목길을 걸었다. 이윽고 내가 말했다. 박물관에 다녀와서 카지노를 한 바퀴 돌자. 오후 4시에 열 거야. 나랑 블랙잭을 하고 싶지 않으면 당신은 룰렛을 하면 되잖아, 나의 빌레트.

행복해서 행복한 사람들

비르지니 데뤼엘

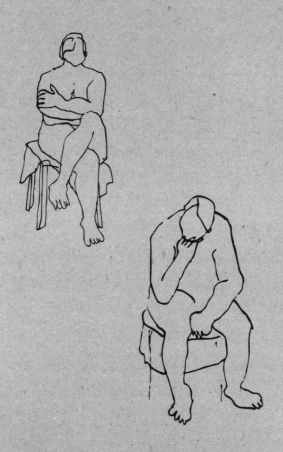

층계에서부터 이미 내 귀에는 에디트 피아프가 절규하듯 부르는 노랫소리가 들려왔다. 이 양로원에 사는 이들이 어떻게 이 정도의 음량을 견뎌내는지 모르겠다. 나는 이 처연한 목소리와 목구멍에서 끓어오르는 듯 굴려대는 '에르' 발음이 싫다. 그 소리는 나를 괴롭힌다. 내 이모할머니는 양로원에 있다. 양로원 건물 속 방 안에 있다고 말하는 편이 더 정확할 것이다. 왜냐하면 그녀는 자기 방 안에서 거의 나오지 않으니까. 내가 할머니 입장이었더라도 그랬을 것이다. 할머니는 코바늘뜨기로 패치워크 작품을 만든다. 아무 짝에도 쓸모없는 침대 덮개, 베개 커버, 쿠션 같은 것들을. 실제로 그것들은 어디에도 소용없다. 왜냐하면 할머니의 작품들은 유행이 한참 지난 먼지투성이 넝마일 뿐이므로. 그것을 선물 받은 사람들은 짐짓 마음에 드는 척하지만 자기 집에 도착하자마자 벽장 구석에 처박아버린다. 왠지 마음에 켕겨서 그것을 버리지도 못하고 그렇다고 줘버릴 사람도 찾지 못한다. 최근 할머니 방에 시디플레이어가 설치되어 할머니는 쉽게 이용할 수 있게 되었다. 할머니는 티노 로시를 무척 좋아한다. 에디트 피아프와 이브 몽탕의 샹송 몇 곡도 듣는다. 내가 방 안으로 들어갔을 때 피아프가 절규하듯 노래를 부르는 가운데 할머니는 작은 탁자 위를 물바다로 만들면서 선인장에 물을 주고 있었다. "나는 이 세상 끝까지라도 가리라/머리카라을 금발로 물들이리라/당신이 원한다면…" 방에 들어서자마자 음량을 낮추고 내가 말했다. 마리폴 이모할머니, 선인장에는 그렇게 물을 많이 줄 필요가 없어요. 이 선인장은 달라. 이건 물을 좋아해. 〈사랑의 찬가〉를 끈 사람이 너니? 할머니가 물었다. 끄진 않았어요. 소리를 좀 낮췄어요. 어떻게 지내니, 애야? 이런, 이런, 그렇게 높은 신발을 신고 다니다 넘어져 얼굴 깨겠다. 도대체 내 말을 통 안 듣는구나! 할머니 키가 점점 줄어드는 거예요, 마리폴 할머니. 내 키가 줄어드는 건 다행이다. 너도 내가 어떤 곳에서 살고 있는지 봤을 테지. "조국이라도 부인하리라/친구들을 부인하리라/당신이 원한다면…" 나는 음악을 끄고 말한다. 노래가 신경에 거슬려서요. 누구 말이냐? 코라 보케르 말이냐? 할머니가 묻는다. 이건 코라 보케르가 아니에요, 할머니. 에디트 피아프라고요. 그럴 리가 없다. 이건 코라 보케르야. 〈사랑의 찬가〉는 코라 보케르가 불렀지. 나는 아직 내 어깨 위에 머리를 갖고 있단다. 그녀가 말한다. 좋아요, 그래야 마음이 편하시다면 그렇게 하세요. 하지만 그 노래는 제 신경에 거슬려요. 전 사랑 노래들이 싫어요. 내가 말한다. 알려진 노래들일수록 형편없는 것 같아요. 제가 여왕이라면 사랑 노래 같은 건 금지시키겠어요. 이모할머니가 어깨를 으쓱해 보인다. 요즘 너처럼 젊은 사람들은 뭘 좋아하는지 모르겠다. 오렌지 주스 마실래, 비르지니? 그녀는 이미 상한, 오래전에 딴 주스 병을 내게 보여준다. 나는 고개를 저으며 대답한다. 요즘 젊은이들은 사랑 노래를 정말 좋아해요. 가수들마다 사랑 노래를 부르죠. 그걸 거슬려 하는 사람은 저뿐이에요. 그 생각을 바꾸는 날 너는 마음에 드는 남자를 만날 수 있을 거야. 그녀가 말한다. 할머니는 30초 만에 나를 짜증나게 만들 수 있다. 어머니만큼이나 날랜 솜씨다. 그건 우리 집안 여자들의 특징인 것 같다. 나이트 테이블 위에는 파이프 담배를 피우는 이모할아버지의 사진 액자가 놓여 있다. 언젠가 할머니가 옷장 서랍 하나를 열어 보여준 적이 있는데, 그 안에는 이모할아버지 물건들이 가득 차 있었다. 할머니는 할아버지가 보낸 모든 편지, 메모, 작은 선물들을 간직하고 있었다. 나는 할아버지에 대해 분명히 기억나는 게 없다. 내가 아주 어릴 때 돌아가셨기 때문이다. 나는 지나치게 자리를 많이 차지하는 대형 소파에 주저앉았다. 이 방은 슬프다. 지나치게 많은 물건, 지나치게 많은 가구가 있다. 나는 핸드백에서 할머니가 주문한 면실 뭉치를 꺼낸다. 할머니는 그것을 침대 발치에 있는 바구니 속에 가지런히 담아놓고 다른 소파에 앉는다. 그녀가 말한다. 자, 이제 내게 이야기 좀 해주렴. 그녀의 의식이 또렷할 때 모든 것으로부터 멀리 떨어진 이 방 안에서 할머니가 혼자서 무엇을 하는지 도대체 모르겠다. 이따금 전화 통화를 할 때면 할머니가 막 울고 난 것 같은 느낌이 든다. 하지만 쌀 요리 폭발 사건 이후 나는 이모할머니가 할머니 표현대로 하면 어깨 위에 머리를 가지고 있지 않을 때가 점점 더 잦아진다는 걸 알게 되었다. 나와 내 부모님이 마지막으로 할머니 댁을 방문했을 때의 일이다. 이모할머니는 저녁식사 2시간 전에 전날 만들어둔 쌀 요리를 가득 담은 유리 접시를 뜨거운 전기레인지 위에 올렸다. 그렇게 데우는 건 소용없었다. 쌀 표면은 여전히 차가웠다. 그러자 할머니는 주걱으로 그것을 휘저었다. 그 말은 조리대 위에 쌀알을 산산이 흩뿌렸다는 뜻이다. 할머니에게 충고를 한다든가, 심지어는 그 방 안에 들어가는 것조차 불가능했다. 어느 순간 우리는 조금 열린 문틈으로 안을 들여다보았다. 할머니는 팔목까지 쌀 속에 파묻고 반죽하듯 뒤섞고 있었다. 마치 옴에 걸린 개를 목욕시키고 있는 것 같았다. 저녁 8시, 전기레인지 위에 올려놓은 접시가 산산이 깨지면서 주방은 밥알과 유리 조각들로 뒤덮였다. 이 사고 직후 내 부모님은 이모할머니를 양로원에 모시기로 결정했다. 내가 말한다. 할머닌 할아버지가 파이프 담배를 피우는 게 좋으셨어요? 그 사람이 파이프 담배를 피웠나? 사진 속에서는 파이프 담배를 피우고 계시네요. 아, 그는 이따금 파이프 담배를 피웠지. 그리고 난 모든 걸 통제하지는 않았단다. 그런데 넌 언제 결혼할 거냐,

행복해서 행복한 사람들

애야? 내가 대답한다. 전 스물다섯 살이에요, 이모할머니. 아직 시간이 많아요. 그녀가 묻는다. 오렌지 주스 좀 마실래? 아뇨, 하지만 감사해요. 내가 묻는다. 할머니와 할아버지는 서로에게 충실하셨나요? 그녀가 웃는다. 그녀는 눈길을 들어 하늘을 보더니 말한다. 가죽제품 세일즈맨이 어땠을지 상상할 수 있을 거다. 난 적당히 무시했단다! 나이가 들면서 젊을 때의 얼굴을 잃는 사람들이 있다. 젊을 때의 얼굴이 세월과 함께 지워지는 것이다. 어떤 이들은 반대로 아이처럼 얼굴이 환해지는 것 같다. 내가 병원에서 큰 병을 앓는 환자들을 대하면서 알게 된 것이다. 이모할머니도 그런 경우다. 이모할아버지는 말씀이 많은 편이셨나요? 할머니는 잠시 생각에 잠겼다가 대답한다. 아니, 그리 많지 않았어. 남자들은 수다스러울 필요가 없어. 내가 말한다. 할머니 말씀이 맞아요. 그녀가 손에 털실을 감는다. 난 어깨 위에 머리를 단단히 갖고 있단다. 할머니 어깨 위에 머리가 단단히 있다는 거 알아요. 그럼 중요한 문제에 대해 제게 충고를 해주실 수 있겠네요. 할머니가 말한다. 그럼. 그런데 오렌지 주스 좀 마실래? 내가 대답한다. 고맙지만 됐어요. 그럼 됐다. 제가 병원에서 사무를 본다는 거 기억하세요? 네가 병원 직원인 걸 아느냐고, 그럼, 그럼, 그럼. 전 두 사람의 암 전문의가 운영하는 병원에서 일하고 있어요. 그래, 그래, 그래. 닥터 슈믈라의 환자 가운데 할머니 나이의 여자 분이 있는데, 항상 자기 아들과 함께 와요. 그 아들 착하구나. 할머니가 말한다. 그는 정말 친절해요. 그의 어머니가 엄살이 심한 편이라 더 친절한 것 같아요. 꽤 나이 든 사람이에요. 어쩌면 마흔 살쯤 되었을 수도 있어요. 하지만 전 남자가 나이 많은 편이 좋아요. 제 또래 청년들은 지루해요. 어느 날 그 사람과 나란히 건물 밖에서 담배를 피우게 됐어요. 솔직히 말하면 그 얼마 전부터 저는 그 사람을 눈여겨보고 있었어요. 그 사람이 어떻게 생겼는지 알려드릴게요. 가무잡잡한 피부에 키는 그리 크지 않고요. 아주 잘생긴 건 아니지만 배우 호아킨 피닉스를 닮았어요. 에스파냐 배우 말이구나. 할머니가 말한다. 맞아요. 요컨대 그런 건 별로 중요하지 않아요. 우리는 처마 아래 서서 담배를 피웠어요. 제가 그에게 웃음을 지어 보이면 그는 미소로 답해요. 우리는 거기 서서 서로에게 웃어 보이며 담배를 피워요. 저는 물고 있는 담배를 아껴 피우려 애쓰지만 제 담배가 그의 것보다 빨리 사라져요. 저는 흰 블라우스 차림으로 근무 중이고 담배를 다 피우고 나면 거기 머물 이유가 없어요. 제가 그에게 말하죠. 또 봬요. 저는 지하의 제 자리로 돌아와요. 그렇게 여러 달이 지나고 진료가 거듭되면서 저는 그와 몇 마디 말을 나눠요. 저는 진료 일정을 짜고 추가 진료를 위해 주소를 찾아놓아요. 어느 날 그의 어머니가 제게 초콜릿을 주면서 이렇게 말해요. 이 초콜릿은 뱅상이 고른 거라우. 또 언젠가는 승강기를 기다리고 있는 그를 보고 제가 직원용이 있는 곳을 알려줬어요. 자와다라는 이름이 일정표에 적혀 있는 날이면 저는 기분이 좋아지고, 정성 들여 화장을 하죠. 오렌지 주스 한 잔 할래? 이모할머니가 묻는다. 아뇨, 됐어요. 그 사람 이름은 뱅상 자와다예요. 멋진 이름이죠? 오, 그럼. 할머니가 대답한다. 지금으로서는 이건 꿈에 지나지 않아요. 그들은 매주 병원에 와요. 그 어머니가 방사선치료를 받거든요. 지난 월요일 우리, 그러니까 그와 나는 처마 아래서 함께 서서 담배를 피웠어요. 이번에는 제가 나중에 도착했어요. 그는 이모할아버지와 비슷해요. 매우 과묵해요. 이모할머니가 고개를 끄덕인다. 그녀는 두 손을 포개 무릎 위에 올려놓고 내 말을 주의 깊게 경청한다. 그러면서 이따금 밖을 바라본다. 창문 바로 밑에 있는 포플러 두 그루가 맞은편 건물 일부를 가리고 있다. 내가 말한다. 난 용기를 내서 그에게 직업이 뭐냐고 물어요. 알다시피 어쨌든 좀 이상하잖아요. 젊은 남자가 그렇게 낮 시간을 낼 수 있다는 게요. 이모할머니가 대답한다. 그럼, 그럼. 그녀는 푸른 밤夜 같은 눈을 크게 뜬다. 할머니는 안경을 쓰지 않고도 가느다란 바늘귀 속에 실을 끼울 수 있다. 내가 말한다. 그의 말이 음악을 한다더군요. 피아니스트이자 작곡가래요. 잠시 후 그가 담배를 다 태웠어요. 그런데 대기실에 있는 어머니에게로 돌아가는 대신 아무 이유 없이, 왜냐하면 우리는 더 이상 이야기를 나누고 있지 않았거든요, 그 자리에 서 있는 거예요. 나를 기다려주는 거죠. 그로서는 그렇게 밖에 괜히 서 있을 이유가 전혀 없으니까요, 맞죠? 이모할머니가 고개를 끄덕인다. 춥고 고약한 날씨였는데도 말이에요. 우리 둘은 처음처럼 서로에게 웃음을 지어 보이며 거기 서 있었어요. 전 할 말이 아무것도 생각나지 않았어요. 저는 그 남자와 함께 있으면 수줍어져요. 보통 때에는 좀 대담한 편인데 말이에요. 내가 담배를 다 피우자 그는 유리문을 열어 나를 먼저 들어가게 해주고는(그걸 보면 그가 나를 기다려준 것임을 알 수 있어요) 이렇게 말해요. 당신이 타는 승강기를 탑시다. 그 사람과 내가 각자 다른 승강기를 탈 수도 있잖아요. 아니면 아무 말도 하지 않을 수도 있고요, 안 그래요? "당신이 타는 승강기를 탑시다"라는 말이 우리를 이어주고 있다고 생각하지 않으세요? 내가 묻는다. 이모할머니가 대답한다. 그런 것 같구나. 이제 승강기 안이에요. 그 승강기는 침대용이라 아주 깊어요. 그는 바로 내 옆에 섰어요. 승강기 안이 좁기라도 한 것처럼 말이에요. 사실 말이에요, 이모할머니. 내가 말한다. 그가 내게 몸을 밀착시켰다고는 할 수 없어요. 하지만 그 넓은 승강기의 크기를 고려하면 그 사람은 정말이지 제 옆에 바짝 붙어 있는 셈이에요. 불행히도 1층에서 지하 2층까지 걸리는 시간은 아주 짧아요. 승강기에서 내린 우리는 몇 미터 함께 걸은 다음 그는 대기실로, 저는 제 자리로 돌아왔어요. 아무 일도 일어나지 않은 것이나 다름없어요. 요컨대 딱히 이야기할 만한 사건은 전혀 없어요. 하지만 복도에서 서로 엇갈려 제 갈 길을 갈 때 저는 무슨 은밀한 여행을 한 다음 역 플랫폼에서 헤어지는 듯한 느낌을 받았어요. 제가 사랑에 빠진 걸까요, 할머니? 오, 그래, 그런 것 같다. 이모할머니가 대답한다. 제가 한 번도 사랑에 빠진 적이 없다는 건 할머니도 아실 거예요. 아니면 이건 2시간짜리 사랑이든가요. 2시간이라면 별로 길지 않구나. 할머니가 말한다. 이제 저는 어떻게 해야 할까요? 병원에서 제가 그 사람과 부딪치는 일에 신경을 쓰면, 제 일에 지장이 있을 거예요. 환자들, 전화벨, 진료 보고서 같은 것들 때문에 병원에서는 그런 일에 신경을 쓸 수가 없어요. 그렇겠지. 이모할머니가 대답한다. 그가 제게 호감을 가지고 있을까요? 정말 제가 그의 마음에 드는 걸까요? 오, 그는 분명 너를 마음에 들어할 거다. 그는 에스파냐인이냐? 에스파냐 남자들을 조심해라. 이모할머니가 말한다. 그는 에스파냐인이 아니에요! 아, 그래, 잘됐구나. 이모할머니가 자리에서 일어나 창가로 간다. 바람에 나무들이 흔들린다. 나무들이 함께 어울려 균형을 잡는다. 나뭇가지들과 이파리들이 같은 방향으로 소용돌이친다. 이모할머니가 말한다. 내 포플러들을 좀 보렴. 봐라, 장난을 치고 있는 것 같지 않니. 사람들이 나를 어디에 넣었는지 너도 봤지. 다행히 내게는 저기 커다란 나무 두 그루가 있단다. 그들은 열매들로 내 방 주위를 장식해주지. 저기 있는 작은 송충이들, 너도 알지. 그것들이 있어서 새들이 온단다. 오렌지 주스 좀 마시지 않을래? 아뇨, 감사하지만요, 할머니. 전 이제 그만 가봐야겠어요. 내가 말한다. 이모할머니가 자리에서 일어나 털실 바구니 있는 곳으로 가서 그 안을 뒤진다. 그녀가 말한다. 이것과 똑같은, 디아나노엘 실 한 뭉치만 가져다줄 수 있니? 초록색으로 말이야. 내가 대답한다. 예, 물론이죠. 나는 할머니를 품에 꼭 안는다. 할머니의 몸은 정말 작다. 할머니를 거기에 혼자 내버려두고 돌아간다고 생각하자 가슴이 찢어지는 것 같다. 층계에 이르자 다시 에디트 피아프의 음성이 들려온다. 누군가 함께 노래하고 있는 것 같다. 나는 몇 계단 거슬러 올라간다. 길게 끄는 음악에 이모할머니의 가느다란 목소리가 겹쳐져서 들려온다. "얼마나 경이로운지/당신은 넘치지도 모자라지도 않아/당신은, 당신은, 당신은/당신은 내게 필요한 바로 그 남자야."

레미 그로브

내가 당신하고 어떤 관계라고 해야 할까? 내가 그녀에게 물었다. 동료. 동료라고? 난 변호사가 아닌데. 기자라고 하지. 오딜이 대답했다. 당신 남편처럼? 안 될 거 없잖아? 어느 신문사 소속으로 할까? 진지한 성향이어야 해. 〈레 제코〉 같은. 거기선 아무도 그런 걸 읽지 않으니까. 방데르민에 도착하자 오딜은 내게 성당 광장 뒷골목에 차를 세우라고 말했다. 내가 말했다. 비가 오는걸. 난 내가 BMW를 타고 오는 걸 그 사람들에게 보이고 싶지 않아. 천만에. 당신은 사장의 변호사 차를 타고 오는 걸로 해. 완벽하잖아. 오딜은 주저했다. 그녀는 평소보다 높은 하이힐을 신고 새색시 같은 헤어스타일로 귀엽게 단장한 모습이었다. 내가 말했다. 당신 오늘 멋진걸. 파리지앵의 전형 같아. 그 사람들이 자신들을 대변하러 오는 신좌파 여성이 나막신이라도 신고 오길 바랄 것 같아? 그녀가 대답했다. 좋아. 내 생각에 그녀가 내 말에 동의한 것은 무엇보다도 비 때문이었던 것 같다. 나는 광장에 차를 세웠다. 우산을 들고 차를 한 바퀴 돌았다. 그녀가 차 문을 열고 나왔다. 외투 속에 폭 파묻힌 채 목에는 머플러를 두르고 딱딱한 재질의 핸드백과 서류철을 든 작은 여자. 나는 어떤 감정이 뭉클 치미는 것을 느꼈다. 그런 순간이면 진실을 말하고 싶다. 비 내리는 방데르민, 차에서 내리는 그런 순간 말이다. 장소가 사람의 정서에 얼마나 큰 영향을 미치는지 종종 과소평가되고 있는 듯하다. 어떤 향수어린 감정은 예고 없이 표면으로 떠오른다. 동화 속에서처럼 존재의 본질이 변화된다. 안개에 싸여 반쯤 모습을 감춘 성당과 붉은 벽돌 건물들, 감자튀김을 파는 허름한 가건물을 배경으로 석면 피해자들을 대변하는 훌륭한 변호사가 서 있었다. 자신을 알아보고 맞아주는 사람들에게 환히 웃어 보이는(나는 그녀의 웃음이 정말 좋다), 얼핏 보면 소녀 같은 한 여자가. 떨어지는 빗방울을 피해 서둘러 시청으로 향하는 일요일 복장을 한 신도들 가운데에서 오딜의 한쪽 팔을 잡아 그녀가 포석 위로 올라서는 것을 도와주면서 나는 문득 격정을 느꼈다. 이런 종류의 어이없는 감정적 흔들림은 지금까지 한 번도 문제가 된 적이 없었다. 나는 그녀의 남편과 친교가 있고 그녀는 내가 그동안 사귄 여자들과 아는 사이다. 우리 사이에는 성적인 오락 이외에 아무것도 없었다. 나는 생각했다. 넌 지금 일시적으로 약해진 거야, 레미. 이런 감정은 곧 지나갈 거야. 시청 홀에서 오딜은 300명의 청중들 앞에서 강연을 했다. 노동자들과 그들의 가족이었다. 그녀의 발언이 끝나자 모두 박수를 쳤다. 석면희생자협회 여회장이 그녀에게 말했다. 지난 목요일 당신 집회 때에는 사람들이 버스 세 대를 가득 채웠어요. 오딜이 내 귀에 속삭였다. 난 정치를 하기 위해 태어났나 봐. 그녀의 얼굴에서 빛이 났다. 나는 하마터면 정치에는 더 많은 냉정함이 필요하다고 말할 뻔했지만 잠자코 있었다. 우리는 본 회의장을 나가 공화당의 연회가 준비되어 있는 방으로 갔다. 오후 3시, 우리는 식전주로 발포성 포도주를 마셨다. 주름치마 차림의 땅딸막하고 통통한 60대 여자가 그 연회를 감독하고 있었다. 그곳에는 1980년대에는 최신형이었을 확성 장치가 있었다. 나는 석면 때문에 가슴막, 곧 늑막에 암이 생긴 전직 주형 기술자와 함께였다. 그가 내게 자신의 삶을 들려주었다. 아무런 보호 장구도 하지 않은 채 맨손으로 파이프를 갈고 사포로 문지르고 철판을 구부리고 잘라내는 일이었다. 그가 내게 말했다. 우리는 통 안에서 석면을 들이마셨어요. 눈싸움을 하듯 석면과 함께 일했죠. 나는 오딜이 남편을 저세상으로 보낸 과부들과 매디슨을, 산소통을 메고 있는 남자들과 탱고 같은 것을 추고 있는 모습을 보았다(그 춤이 '매디슨'이란 걸 나는 그녀가 말해주어서야 알았다. 사실 난 춤에 대해서는 아무것도 모른다). 한 여자가 말했다. 헤어스타일 때문에 당신이 머리에 꼭 쇠스랑을 이고 있는 것 같아요, 오딜. 파마를 해야 할 것 같아요! 나는 생각했다. 그래, 이게 진짜 삶이야. 간이 탁자, 형제애, 먼지. 연회장에서 춤추는 오딜 토스카노. 나는 생각했다. 레미, 이게 바로 네가 인생에서 했어야 할 일들이야. 노르파드칼레 지방 방데르민 시청에서, 그곳의 성당, 그곳의 공장, 그곳의 묘지에서. 사람들이 커다란 솥에 든 코코뱅을 가져왔다. 함께 있던 사내가 이곳 묘지에 묻힌 사망자 수가 마을 전체 주민 수보다 많다고 알려주었다. 그가 말했다. 우리는 투쟁을 하며 살고 있습니다. 나는 투쟁하며 산다는 말에 담긴 힘을 생각했다. 그가 다시 말했다. 형이 죽었을 때 나는 사람들에게 〈르 탕 드 스리즈〉('버찌가 익을 무렵'이라는 뜻. 1866년에 발표된 곡으로 파리 코뮌 때 정부군의 진압으로 피의 주간 중에 숨진 간호사에게 바친 것이라고 한다—옮긴이)를 부르자고 했지요. 내 머리는 터지기 일보직전이었다. 그날 저녁, 두에까지 가는 길에 운전을 하긴 했지만 나도 오딜만큼 취해 있었다. 호텔방에 들어가자 오딜이 침대에 털썩 주저앉았다. 그녀가 말했다. 난 한심한 여자야, 레미. 어쨌든 이런 상태에서 아이들에게 전화를 걸 순 없어. 당신 아스피린 있어? 그보다 더 좋은 게 있지. 나는 미니바에서 코냑 작은 병을 꺼냈다. 나도 한심했다. 감정적 동요가 끈덕지게 계속되었다. 길게 누워 머리 아래에 베개를 받치고 코냑을 한 모금 마시는 그녀의 태도, 그녀의 웃음, 그녀의 지친 얼굴. 나는 생각했다. 저 여잔 지금 내 거다. 내 귀여운 토스카노 변호사. 나는 그녀의 몸 위로 올라가 입맞춤을 하고 옷을 벗겼다. 우리는 취기 때문에 머리가 흔들리는 것을 느끼며 섹스를 했고 그 고통은 복용하기에 딱 알맞은 양이었다. 밤 10시경 배가 고파왔다. 호텔 측에서 우리에

행복해서 행복한 사람들

게 그때까지 열고 있는 식당을 알려주었다. 우리는 문제의 식당을 찾기 위해 두에 거리를 헤맸다. 스카르프라는 이름의 작은 강을 따라 걸으며 오딜이 내게 말했다. 내가 왜 이 강 이름을 기억하고 있는지 모르겠네. 그녀는 내게 시내 건물들에 대한 이런저런 이야기를 들려주고 법원 건물을 보여주었다. 바람이 불고 축축한 이슬비 같은 것이 내리고 있었다. 하지만 나는 그 뿌연 분위기와 침묵과 우스꽝스러운 가로등이 좋았다. 돌아가지 않고 거기 남아 살 수도 있을 것 같았다. 오딜은 추위 때문에 코가 발개진 채 씩씩하게 걷고 있었다. 나는 그녀를 팔로 껴안아 내 몸에 꼭 가져다 붙이고 싶었지만 그런 충동을 억누르며 잘 버티고 있었다. 우리 사이에는 이런 종류의 바보 같은 감정이 문제가 된 적이 한 번도 없었다. 식당에서 우리는 '뼈 있는 햄'과 채소를 넣어 만든 수프를 주문했다. 오딜은 차를 마시고 나는 맥주를 마셨다. 그녀가 내게 말했다. 당신도 술을 더 마시면 안 돼. 내가 말했다. 내 걱정을 해주다니 친절한걸. 그녀가 웃었다. 내가 말했다. 난 그 사람들에게 감명받았어. 내가 영위하고 있는 삶은 비겁해. 내 주위엔 우유부단한 겁쟁이들뿐이야. 그녀가 말했다. 광산촌에서 태어날 행운을 모두 잡을 수 있는 건 아냐. 당신도 내게 감명을 줬어. 아, 드디어 중요한 얘기가 나오는군! 오딜이 외쳤다. 그녀는 이야기를 계속하라고 손짓을 해 보였다.

당신은 능동적이고 다감하고 강인해. 당신은 아름다워. 내가 말했다. 레미? 우후? 그만하지그래. 아냐, 분명히 말하는데 당신은 그들과 함께, 그들을 위해 투쟁하고 있어. 오딜이 대답했다. 그건 내 직업이야. 하지만 당신은 그걸 다르게 할 수도 있었어. 좀더 거리를 둘 수도 있었다고. 노동자들은 당신을 좋아해. 오딜이 웃었다(내가 그녀의 웃음을 얼마나 좋아하는지는 앞에서 말했다). 노동자들은 나를 좋아하지! 국민은 나를 좋아해. 난 정치를 했어야 했다니까. 오늘 밤 당신은 푹 잘 수 있을 거야, 가엾은 레미. 그렇게 웃어넘기는 건 잘못이야. 난 진지하게 이야기하는 거야. 당신은 춤을 췄고, 세척기에서 접시들을 꺼내 정리했고, 격려의 말을 해줬어. 당신은 오늘 하루라는 시간에 마법을 걸었어. 이 바지가 너무 끼지 않았어? 아니. 당신도 내 헤어스타일이 쇠스랑 모양이라고 생각해? 응. 하지만 그게 오늘 아침의 헬멧 모양보다 좋아. 나는 문득 생각했다. 내일이면 우리는 파리에 가 있겠군. 내일 저녁이면 오딜은 자기 집에 가 있겠고. 아이들, 남편과 함께 자기 집 소파에 앉아 있겠지. 나는 어디에 있을까. 평소라면 전혀 중요하지 않은 문제였지만 사태가 비정상적인 국면으로 접어들었다. 나는 생각했다. 대비를 좀 해둬야겠어, 레미. 나는 주머니에서 휴대전화를 꺼내들고 오딜에게 말했다. 잠깐 실례할게. 나는 롤라 모레노의 번호를 찾았다.

그녀는 아름답고 재미있고 필사적이었다. 내게 필요한 건 바로 그런 것들이었다. 나는 메시지를 썼다. "내일 저녁 시간 괜찮아?" 오딜이 입김을 후후 불어 수프를 식히고 있었다. 나는 공포에 사로잡히는 느낌이 들었다. 버림받는 고통. 어릴 때 부모님은 종종 나를 다른 이들에게 맡겼다. 나는 어둠 속에서 꼼짝도 하지 않았다. 내 몸이 점점 더 작아지는 것 같았다. 휴대전화에 불이 들어왔다. 나는 메시지를 읽었다. "내일 저녁 시간은 괜찮아, 내 천사. 하지만 나를 만나려면 클로스터노이부르크까지 와야 해." 룰라가 오스트리아에서 영화 촬영 중이라는 사실이 그제야 기억났다. 그럼 누가 있을까? 당신 괜찮아? 오딜이 내게 묻는다. 아주 좋아. 내가 대답했다. 불편해 보이는걸. 고객 하나가 약속을 연기하재. 중요하지 않아. 그런 다음 나는 무심한 태도로 물었다. 내일 밤 뭐 해? 오딜이 대답했다. 우리 어머니 칠순 생신 파티를 하기로 했어. 당신 집에서? 아니, 불로뉴의 부모님 댁에서. 엄마는 우리가 집으로 찾아가는 걸 기뻐하실 거야. 모두를 위해서 장을 보고 요리를 하는 거 말이야. 난 부모님이 우울증에 걸릴까 봐 두려워. 두 분은 아무 일도 안 하셔? 아버지는 재무 감찰관이야. 마티뇽에서 레몽 바르와 동업을 하셨지. 그런 다음 부름스테르 은행의 총재를 지내셨고. 에른스트 블로라는 이름 혹시 들어봤어? 들어본 것도 같아. 심장에 문제가 생겨서 일을 그만두셨어. 지금은 대표이사로 계시지만 그냥 명예직이야. 협회 일도 좀 하시면서 소일하고 계셔. 어머니는 아무 일도 안 하시고. 어머니는 외롭다고 느끼시지. 아버지가 괴물 같아. 두 분은 오래전에 헤어지셔야 했어. 오딜은 차를 다 마시고 찻잔 바닥에 있는 둥근 레몬을 집어 껍질을 벗겼다. 감정적 일탈이 가져오는 결과 가운데 하나는 더는 아무것에도 무심할 수 없다는 것이다. 모든 것이 의미가 되고 모든 것이 해독의 재료다. 나는 그녀의 마지막 말에 모종의 암시가 있다는 터무니없는 상상력을 발휘했다. 내가 말했다. 당신들, 그러니까 당신 남편과 당신은 이미 헤어질 생각을 해본 거야? 이 말을 입 밖에 낸 즉시 나는 두 손으로 그녀의 얼굴을 감싸쥐고 말했다. 그게 나랑 무슨 상관이야. 이 말은 잊어버려. 난 전혀 상관없는 사람이야. 내가 두 손을 떼자 오딜이 말했다. 그는 매일같이 그런 생각을 하는 게 분명해. 나는 가증스런 인간이야. 내가 말했다. 나도 동의해. 로베르도 가증스러운 인간이지. 하지만 그는 나를 되찾는 방법을 알아. 그녀가 레몬을 삼키며 말했다. 나는 그녀가 두 사람과 전혀 어울리지 않는 그 단어를 선택한 것이 마음에 들지 않았다. 나는 그녀가 로베르라고 말하는 게, 대화 중에 불쑥 로베르라는 이름을 끼워 넣는 게 싫다. 그렇게 아무렇지도 않게 자신들의 삶을 드러낼 수 있다는 게 짜증스러웠다.

그들의 삶 같은 것에는 신경 쓰지 않지만 말이다. 서로 가까워야 감정이 생긴다고 생각하는 것은 어리석다. 반대로 감정은 존재 간의 거리를 인정하는 데서 온다. 흥분에 찬 그날 하루, 내리는 비 아래서, 마이크가 설치된 연단 위에서, 자동차 안에서, 커튼을 걷어놓은 방 안에서 오딜은 내 얼굴이 닿는 곳, 내 애무가 닿는 곳에 있는 듯했다. 하지만 반쯤 비어 있는 그 음울한 식당에서 내가 그러고 싶지 않음에도 아주 사소한 그녀의 몸짓 하나하나, 말 한 마디 한 마디의 어조를 주의 깊게 살피는 동안 그녀는 그곳을 빠져나가 내 자리가 없는 세계로 사라져버렸다. 내가 말했다. 여기서 살아야 한다면 이틀도 못 살고 총으로 자살했을 거야. 오딜이 웃었다(신랄하고 상투적인 것으로 여겨지는 웃음이었다). 10분 전에 당신은 정반대로 주장했어. 조금 전 당신은 두에라는 도시에 열광했어. 생각이 바뀌었어. 난 권총 자살할 거야. 그녀가 어깨를 으쓱해 보였다. 그러고는 남아 있는 묽은 수프 속에 빵 끝을 적셨다. 그녀가 지루해하는 것 같은 느낌이 들었다. 나 자신도 권태로움을 느끼려 하고 있었다. 침대 밖에서 더 이상 아무 일도 일어나지 않을 때 연인들이 느끼는 울적함에 침식당한 것이다. 나는 더 할 말을 찾을 수 없었다. 다시 유리창을 때리기 시작하는 빗소리가 들려왔다. 오딜이 깜짝 놀란 표정을 지으며 말했다. 우리 우산 안 가져왔잖아! 나는 새카매진 치아로 웃던 주형 기술자를, 점점 더 퍼지는 주름치마를 입은 행사 기획자를, 그리고 왠지는, 도대체 왠지는 몰라도 내 아버지를 떠올렸다. 차체 제작공이었던 내 아버지는 파리의 포르트 드 팡탱 지하철역 지붕 유리창에서 물이 샌다고 용접이 엉터리라고 비난을 퍼부었다. 오딜에게 그 이야기를 하고 싶은 유혹을 느꼈지만 다음 순간 사라졌다. 나는 휴대전화 통화 목록을 살펴보다 요르고 카토스를 발견했다. 나는 생각했다. 이거야. 가서 포커 게임이나 하면서 돈이나 잃어보자고, 친구. 나는 메시지를 작성했다. "내일 저녁 판에 끼워 넣을 얼간이 하나 안 필요해? 돈을 쓰고 싶어서 근질거리는데." 누구한테 메시지 쓰는 거야? 오딜이 물었다. 요르고 카토스. 당신한테 요르고 카토스에 대해 말한 적 없어? 한 번도 없는데. 게임으로 벌어먹고 사는 친구야. 이 친구가 몇 해 전인가 한 브리지 토너먼트에서 오마 샤리프와 붙었대. 게임이 시작되자 한 무리의 여자들이 이 친구의 등 뒤에서 꼼짝도 안 하고 버티고 있더래. 그는 생각했어. 이 여자들은 내가 오마 샤리프보다 브리지 실력이 훨씬 더 뛰어나다는 걸 알고 나를 응원하는군. 사실은 그 여자들이 오마 샤리프의 얼굴을 보고 있었다는 생각은 전혀 못 하고서 말이야. 오딜이 자신은 〈아라비아의 로렌스〉를 보며 사막의 왕자와 사랑에 빠졌었노라고. 그녀에게 오마 샤리프는 브리지 테이블이 아니라 터번을 두르고 흑마 위에 앉아 있노라고. 나는 그 말이 절대적으로 옳다는 사실을 깨달았다. 나는 다시 기분이 가벼워졌다. 모든 게 다시 제자리로 돌아왔다.

샹탈 오두앵

남자는 그냥 남자다. 결혼한 남자, 금지된 남자 같은 건 없다. 그런 건 존재하지 않는다(닥터 로랭이 나를 자기 병원에 입원시켰을 때 내가 그에게 설명한 내용이다). 누군가를 만날 때 우리가 관심을 가지는 건 그의 호적이 아니다. 그의 감정적 정황도 아니다. 감정은 끊임없이 변화하고 소멸하도록 운명지어져 있다. 지상의 모든 것처럼. 동물은 죽는다. 식물도 죽는다. 한 해는 다음 해가 되고 같은 강물에 발을 담글 순 없다. 아무것도 영원하지 않다. 사람들은 그 반대라고 믿고 싶어한다. 그들은 깨진 조각들을 붙이느라 일생을 보내면서 그것을 결혼이라고, 정절이라고 또는 그 무엇이라고 부른다. 나는 더 이상은 번잡하게 그런 동물들과 어울리지 않는다. 나는 마음에 드는 사람과 내운을 시험한다. 맞서서 이가 부러지는 것쯤은 두렵지 않다. 어쨌든 나로서는 잃을 게 없다. 나는 언제까지나 아름다울 순 없을 것이다. 거울은 나에게 점점 덜 우호적이다. 어느 날 자크 에쿠포의 아내가 전화를 걸어와 만나자고 했다. 자크 에쿠포는 장관이자 내 애인이다. 나는 아연실색했다. 그녀는 남편의 뒷조사를 했고 자크와 내가 주고받은 이메일들을 확인한 게 분명했다. 통화 끝 무렵 전화를 끊기 전에 그녀가 말했다. 그 사람한테 이 이야기는 하지 않았으면 해요. 이 일은 정말이지 당신과 나만 알고 있으면 좋겠어요. 나는 전화를 끊자마자 자크에게 전화를 걸어 말했다. 수요일에 당신 아내를 만나기로 했어. 자크는 그 일을 이미 알고 있었던 듯했다. 그가 한숨을 내쉬었다. 비겁자의 의미심장한 한숨이었다. 왜냐하면 조만간 일어날 일이었으므로. 나는 커플이라면 진절머리가 난다. 그들의 위선, 그들의 자기도취가. 그날 그런 일이 있기 전까지는 자크 에쿠포가 발산하는 매력에 저항할 수 없었다. 그는 나 같은 여자들을 유혹하는 남자다. 나의 남자 버전이랄까. 다만 그는 국무위원(그는 항상 장관이라는 단어를 썼다)이라는 게 다를 뿐. 그 지위에는 일련의 것들이 딸려온다. 운전사, 경호원. 식당에 가면 언제나 자리가 준비되어 있다. 하지만 나는 무일푼에서 시작했다. 나는 대학도 가지 못했다. 나는 그 누구의 도움 없이 세상을 헤쳐 나왔다. 현재는 이벤트 장식가다. 그런 대로 명성을 얻었다. 영화와 정치 쪽 일을 한다. 나는 프랑스 자동차 성능 세미나를 위해 베르시의 한 홀을 장식하는 일을 맡았다(지금도 그 세미나 제목을 기억한다. 사람들이 꽃다발 속에 깃발들을 꽂았다). 내가 자크를 만난 곳이 바로 거기다. 관광공예부 장관을. 잘 들여다보면 볼품없는 사람이다. 목이 없다 싶을 정도로 짧고 땅딸막한 남자, 방으로 들어온 후 자신이 모두의 눈길을 확실하게 붙잡았는지를 확인하기 위해 좌중을 훑어보는 그런 남자. 그 홀은 지방 기업가들로 북적였다. 가장 좋은 옷으로 차려입은 아내들을 대동하

행복해서 행복한 사람들

고 왕처럼 파리에 입성한 이들이었다. 행사에서 동업조합의 부회장이 연설을 했다. 자크 에쿠포가 구석 창가에 서 있는 내게 다가왔다. 그가 말했다. 지금 막 연설을 마친 저 사람 아십니까? 내가 대답했다. 예, 알아요. 그 사람이 한 나비넥타이 봤어요? 예, 봤는데요. 그거 좀 투박해 보이지 않아요? 예, 좀 그러네요. 내가 대답했다. 저건 나무로 만든 거랍니다. 자크 에쿠포가 말했다. 나무라고요? 저 사람은 장인입니다. 구조물을 만들지요. 그는 나무로 나비넥타이를 만들어서 플리즈 광택제로 윤을 낸 거예요. 자크가 말했다. 내가 웃음을 터뜨리자 자크도 소리내어 웃었다. 반은 유혹적이고 반은 정치인다운 그런 웃음이었다. 그럼 제임스 본드의 벨루어 가방을 든 저 남자는요? 당신 저 사람 이름 알아요? 프랑크 라비올리랍니다. 저 사람은 개 사료를 팔죠. 다음 날 자크는 내 집이 있는 건물 아래에 자신의 시트로엥 C5를 주차시켰고 우리는 저녁나절을 함께 보냈다. 일반적으로 남자들과의 관계에서 주도권을 쥐는 건 나다. 나는 감정을 자극하고 상대를 홀린 뒤 새벽에 조용히 빠져나온다. 때로는 나 자신을 되는 대로 내맡기기도 한다. 나는 좀 집착하는 편이다. 그런 일은 일정 기간 지속된다. 내가 지루함을 느낄 때까지. 자크 에쿠포는 그런 나에게 선수를 쳤다. 지금까지도 나는 무엇 때문에 그 남자에게 이 정도로 집착하게 된 건지 알 수 없다. 키가 내 어깨까지 오는, 목도 너무 짧은 이 남자, 진부한 감언이설로 무장한 남자에게 말이다. 그는 바로 방종하기 짝이 없는 면모를 드러냈다. 이런 일에선 내가 당신보다 훨씬 더 뻔뻔할걸, 아가씨. 그는 항상 나를 아가씨라고 불렀다. 나는 쉰다섯 살이고 키가 176센티미터이며, 섹시 스타 아니타 에크베리 같은 가슴을 가지고 있다. 그런 나를 아가씨라고 부른다는 사실에 나는 동요했다. 그런 것에 동요하다니 어리석다. 대단한 호색한이다. 말해 무엇하겠는가. 나는 호색한이 어떤 뜻인지 지금도 모르겠다. 다만 당시 나는 여러 가지 경험을 할 준비가 되어 있었다. 어느 날 밤, 그는 한 여자와 함께 집에 왔다. 40대의 가무잡잡한 여자로 사회보장실에서 일하며 이름은 코린이라고 했다. 나는 술 한잔을 대접했다. 자크는 재킷과 넥타이를 벗더니 소파에 쓰러지듯 주저앉았다. 그 여자와 나는 소파에 앉아 날씨와 그 동네에 대해 이야기를 나누었다. 자크가 말했다. 편안하게들 행동해, 예쁜이들. 우리는 옷을 좀 벗긴 했지만 다 벗지는 않았다. 코린은 이런 종류의 상황에 익숙한 듯했다. 자기 감정 없이 시키는 대로 하는 여자. 그녀는 브래지어를 벗어 국화 화분에 걸었다. 자크가 킬킬거렸다. 그녀와 나 둘 다 시체라도 벌떡 일어나게 할 만한 야한 속옷을 입고 있었다. 다음 순간 자크가 양팔을 활짝 벌리며 말했다. 이리들 와! 우리가 각각 양쪽으로 다가

가자 그는 우리를 품에 안았다. 우리는 그렇게 잠시 앉아서 킬킬거렸다. 털이 복슬복슬한 불룩 나온 그의 배를 주물럭거리고 그의 성기를 간질이기도 했다. 갑자기 그가 말했다. 아가씨들, 서로 껴안아보지! 나는 아직도 그 구절이, 강한 빛이, 상상력이라고는 찾아볼 수 없는 그런 상황이, 자크의 지배가 수치스럽다. 내가 기대한 건 사드 후작이었는데, 실제로 다가온 건 게으르게 누워서 "아가씨들, 서로 껴안아보지!"라는 말이나 하는 사내였다. 하지만 당시 나는 모든 걸 불문에 부쳤다. 남자들이 우리 여자들의 자질 가운데 인정하는 게 있다면 그것뿐일 것이다. 우리는 남자들을 새로 평가한다. 우리는 조그만 근거라도 있으면 그들을 평가절상한다. 운전사가 과거에 세금징수원이었다든가 경호원이 캉탈 지방 농군이었다는 사실, 시트로엥 C5는 기능으로는 최악의 자동차라는 사실, 호색한이 샴페인병 하나 안들고 와서는 우리를 천박한 행위에 끌어들인다는 사실에 개의치 않는다. 테레즈 에쿠포(자크 아내의 이름이다)는 내게 트리니테 광장에 있는 한 카페에서 만나자고 했다. 그녀가 말했다. 난베이지색 윗옷을 입고 〈르 몽드〉를 읽고 있을 거예요. 코믹한프로그램 아닌가. 나는 그 전날 매니큐어와 머리 염색을 받을수 있도록 미용실 예약을 해두었다. 미용사가 내 머리를 평소보다 더 밝게 염색했다. 나는 입고 나갈 옷을 고르는 데 1시간을 썼다. 라운드넥 초록색 스웨터에 빨간색 스커트를 입고 앞굽이 있는 지지 돌 하이힐을 신었다. 도착 순간의 모습을 완벽하게 하기 위해선 담황색 영국식 트렌치코트를 골랐다. 그 여자가 먼 저 와 있었다. 나는 단번에 그녀를 알아보았다. 유리창을 통해 거리에서부터 그녀의 모습을 볼 수 있었다. 내 또래였는데 열 살은 더 많아 보였다. 서둘러 한 화장, 아무렇게나 커트한, 속이 훤히 들여다보이는 머리카락. 하늘거리는 베이지색 윗옷 위로 푸른색 머플러. 나는 그 모습을 보자마자 생각했다. 끝이야, 자 크 에쿠포, 이제 끝이라고. 나는 하마터면 그 카페 안으로 들어 가는 일조차 포기할 뻔했다. 법적인 아내의 그 허술한 차림새는 온갖 환멸, 기다림, 지켜지지 않은 약속, 하릴없이 켜둔 촛불이 나 준비해둔 접시들보다 훨씬 더 위험했다. 그녀는 위축된 기색 이라고는 없이 테라스 근처에 앉아 코끝까지 안경을 내려뜨리 고 몰두해 신문을 읽고 있었다. 라틴어 교사가 자기 학생을 기 다리기라도 하는 모습이었다. 테레즈 에쿠포는 자기 남편의 정 부 앞에 모습을 나타내기 위해 조금의 노력도 하지 않았다. 이 런 성격의 여자와 함께 살 수 있는 남자는 어떤 남자일까? 나는 커플이 역겹다. 그들의 쪼그라듦, 그들의 케케묵은 공모가. 싱 글들의 시간 앞을 지나가는 이 커플이라는 움직이는 구조물 속 에는 내가 좋아할 만한 게 전혀 없다. 나는 커플의 양쪽을 경멸

한다. 내가 바라는 건 그들을 쳐부수는 것. 그런데도 나는 카페 안으로 들어갔다. 손을 내밀며 내가 말했다. 샹탈 오두앵이에요. 그녀가 말했다. 테레즈 에쿠포입니다. 나는 그녀의 신경을 거스르기 위해 벨리니 한 잔을 주문했다. 나는 이런 일에 할애할 시간이 없다는 듯 벨트만 풀었을 뿐 외투는 벗지 않았다. 하지만 그녀가 그런 것에 관심이 없다는 걸 바로 알 수 있었다. 눈길 하나면 충분했다. 엄지와 검지 사이에 티스푼을 잡고 젓는 행동 하나면. 그녀가 말했다. 마담, 내 남편이 당신에게 이메일을 쓰고 있고, 당신은 그에게 답장을 보내고 있더군요. 그가 당신에게 사랑의 고백을 하게 합니다. 당신은 사랑에 불타오릅니다. 당신이 슬퍼하면 그가 사과하죠. 그가 당신을 위로합니다. 당신은 그를 용서하고요. 그런 식이에요. 이런 서신의 문제는 말입니다, 마담. 당신이 그게 유일한 편지라고 생각한다는 점입니다. 당신이 그린 그림에는 한쪽에 당신이 병사의 휴식처처럼 자리 잡고 있고, 다른 쪽에는 진절머리나는 아내와 국가의 성직이 있을 겁니다. 당신은 그 밖의 관계가 동시에 있을 수 있다는 생각은 결코 하지 않았을 겁니다. 당신은 내 남편이, 예컨대 새벽 2시에 자신을 자코라고 하며(하지만 이런 너절한 이야기는 지나가죠) 자신의 마음을 고백하는 대상이 당신뿐일 거라고 생각했을 겁니다. 그는 이런 이메일을 보냅니다. "가엾은 자코, 몽

토방의 사기 방에 홀로 외롭게 있다오. 당신의 살갗, 당신의 입술, 그리고 당신의 …를 그리워하며." 다음이 어떤 내용인지는 당신도 알 겁니다. 그 이메일의 수신자는 세 명입니다. 그날 밤 그 메시지를 받은 사람은 세 사람이었습니다. 다른 여자들보다 서둘러 당신은 열렬하게, 그리고 뭐랄까 순진하게 답장을 보냈더군요. 제가 당신을 만나야겠다고 생각한 건 당신이 유난히 내 남편에게 몰두해 있는 듯해서입니다. 테레즈 에쿠포가 말했다. 당신이 사실을 안다면 그 충격을 덜 수 있을 테니 다행스럽게 여길 거라고 생각했습니다. 그 여자가 잔인하게 말했다. 나는 나중에 닥터 로랭에게 물었다. 선생님, 이런 종류의 소동을 겪은 후 자살을 시도하는 게 정상이라고 생각하세요? 물론 이상적인 건 문제의 남자를 죽이는 거다. 난 연인을 죽이는 여자들에게 갈채를 보낸다. 하지만 모든 여자가 그런 기질을 가지고 있는 건 아니다. 닥터 로랭은 이전보다 훨씬 상황이 나아진 지금 내가 자크 에쿠포에게 어떤 감정을 가지고 있느냐고 물었다. 내가 대답했다. 딱하기 짝이 없는 작은 사내죠. 닥터 로랭은 흰 셔츠를 입은 두 팔을 들어 올리며 마치 내가 자유의 열쇠를 발견하기라도 한 것처럼 내가 한 말을 되풀이했다. 딱하기 짝이 없는 작은 남자라고요! 그렇습니다, 선생님. 딱하기 짝이 없는 작은 남자죠. 하지만 딱하고 작은 남자들이 아시다시피 어리석

　　　　　　　　　　　행복해서 행복한 사람들

은 자들을 웃음거리로 만들 수 있답니다. 게다가 이제 와서 그 사람을 딱하고 작은 사내로 여기는 게 제게 무슨 소용이 있죠? 이 딱하고 작은 남자가 내 품위를 손상시키고 내게 해를 끼치고 있는데요. 진실을 직면하면 마음이 가벼워진다고 누가 그러죠? 이고르 로랭은 모든 걸 이해할 수 있다는 듯 고개를 끄덕이고는 내 서류 위에다 내가 알아볼 수 없는 내용을 썼다. 진료실을 나와 그 정신병원의 계단을 내려오면서 나는 호감을 가지고 있는 한 남자 환자와 엇갈렸다. 키가 크고 피부가 가무잡잡한 그 청년은 연한 빛의 아름다운 두 눈으로 항상 웃고 다닌다. 퀘벡 출신인 것 같다. 그가 내게 인사를 건넸다. 안녕하세요, 샹탈. 내가 대답했다. 안녕, 셀린. 내가 이름이 샹탈이라고 하자 그는 자기 이름은 셀린이라고 대답했다. 그는 가수 셀린 디옹으로 자처하는 것 같다. 어쩌면 농담을 하고 있는 건지도 모른다. 그는 언제나 목에 스카프를 두르고 있다. 날씨가 좋을 때면 그가 복도나 뜰의 오솔길을 쏘다니는 걸 볼 수 있다. 그는 입술을 움직거리며 알아들을 수 없는 말을 중얼거린다. 그는 사람들을 자기와 같은 높이에서 바라보는 일이 없다. 마치 멀리 있는 함대를 향해 말하고 있는 것 같다. 신화 속에서처럼 멀리서 오는 이들을 매혹하기 위해 바위 꼭대기에서 기도하고 있는 것 같다.

장 에랑프리

다리위스는 널찍한 정형외과용 소파에 앉아 있었다. 내가 보기에 그 소파에는 아무도 편안하게 앉을 수 없을 것 같다. 그는 패배자처럼 등받이에 몸을 늘어뜨리고 앉아 있었다. 그 방에 막 들어온 사람이라면 그렇게 주저앉아 있는 그나, 붕대를 싸매고 수액을 달고 누워 있는 나를 정말 딱하게 여겼으리라. 나는 그가 입을 열기를 기다렸다. 잠시 후 그는 머리 받침 쿠션에 밀려 목을 앞으로 쑥 내민 채 말했다. 아니타가 내 곁을 떠났어요. 나는 길게 누워 있었는데도 높은 병원 침대 덕분에 그를 내려다볼 수 있었다. 다른 사람도 아닌 다리위스가 그런 허물어진 자세로 그런 말을 한다는 게 내게는 코미디의 극치처럼 여겨졌다. 그가 겨우 알아들을 만한 어조로 이렇게 덧붙이자 더더욱 그랬다. 그녀는 조경사와 함께 떠났어요. 조경사라고? 예. 3년 전부터 가생의 그 빌어먹을 정원을 디자인하고 있는 작자 말이에요. 나를 겁주는 사하라 남부지방의 식물들을 심어 나를 파산시키고 있는 작자죠. 나는 다리위스가 회원제 클럽 가운데 하나인 '트루아지엠 세르클'에서 제명당하기 이전부터 그를 알고 있었다. 금권에는 헌신적으로 충성하면서 사회적으로는 보수적인 태도를 취하는 좌우 양파 정치가들이 술책을 부리는 클럽이다. 당시 다리위스는 몇 개의 회사를 경영하고 있었는데, 내 기억이 정확하다면 그 가운데에는 무슨 공학연구사, 아이시카드 사 같은 것도 있었다. 나는 경영권자 회의의 의장으로 임명되어 사프랑울름 전기회사 국제부를 떠난 참이었다. 나는 동양적인 매력을 지닌, 나보다 거의 25년 아래인 그 청년에게 그다지 호감을 가지고 있지 않았다. 그는 영국 귀족의 딸인 아니타와 결혼해 버릇 나쁜 두 아이를 두었다. 무엇보다도 다리위스 아르다시르는 교활했다. 그는 허를 찌르는 냉정함을 지니고 재빠른 되받아치기로, 경영진 속에 포진해놓은 인력들로 이 시스템 속에 교묘하게 지름길로 끼어들었다. 결코 서두르지 않고, 결코 분개하지 않고. 여자관계도 그랬다. 그는 마침내 국제계약 분야에서 중개자로서 큰돈을 벌었다. 그러다가 뇌물 사건에 연루되었다. 나이지리아에 국경 감시 시스템을 파는 일과 관련된 미묘한 사건이었다. 여담이지만 그 사건으로 그는 트루아지엠 세르클 클럽에서 축출될 만했다(내가 보기에 어떤 클럽이든 일단 불한당들을 받지 않기로 한다면 실패하게 될 테지만 말이다). 그가 빈번하게 만나던 사람 몇몇은 짧은 기간 옥고를 치렀지만 그는 실질적인 타격 없이 그 사건에서 벗어났다. 내가 알기로 그는 오뚝이처럼 늘 재기하고 우정에 충실했다. 내가 이 빌어먹을 암에 걸리자 다리위스는 내 아들 노릇을 자처했다. 깊이 있는 대화에 들어가기에 앞서 침대의 상반신 부분을 올리려고 나는 온갖 버튼을 눌러보았다. 다리위스는 그런 내 노력과는 달리 침대의 엉뚱한 부분들

행복해서 행복한 사람들

이 들어 올려지는 것을 초점 없는 멍한 눈길로 물끄러미 지켜보았다. 간호사 하나가 방으로 들어왔다. 물론 내가 호출 벨을 눌러서였다. 어떻게 하고 싶으신데요, 에랑프리 씨? 앉고 싶소! 닥터 슈믈라가 오실 거예요. 선생님께 더 이상 열이 없다는 걸 닥터 슈믈라도 아세요. 그에게 내가 이젠 지긋지긋해한다고, 내일 퇴원시켜줬으면 한다고 전해주시오. 간호사는 내 침대를 정리하면서 내가 아이라도 되는 것처럼 시트를 매트 밑으로 접어 넣었다. 내가 다리위스에게 뭐 좀 마시겠는지 물었다. 그가 사양하자 간호사가 방을 나갔다. 내가 말했다. 좋아, 그런데 그 조경사는 일시적인 변덕 같은 거 아닐까? 아내는 이혼을 원해요. 나는 잠시 입을 다물었다가 다시 말했다. 자네는 아니타를 한번도 중요하게 여긴 적이 없잖나. 그는 마치 내가 터무니없는 말이라도 한 것처럼 어이없다는 표정으로 나를 바라보았다. 그녀는 지구상에서 가장 멋진 생활을 했어요. 그건 나도 알지. 내가 말했다. 전 그녀에게 모든 걸 줬어요. 그녀가 가지지 못한 게 하나라도 있으면 말해보세요. 저택, 보석, 하인, 터무니없이 사치스러운 여행. 이제 그녀는 그 모든 걸 빼앗길 거예요, 장 아저씨. 내 재산은 모두 주식회사 명의로 되어 있어요. 라 투르 가의 가생 빌라, 가구들, 미술품들, 내 이름으로 된 건 아무것도 없어요. 두 사람은 굶어 죽을 거예요. 자네는 밤낮으로 아내를 속였

네. 그게 무슨 상관이에요? 자네 아내가 연인을 만들었다고 해도 자네는 원망해선 안 돼. 여자들은 연인을 갖는 게 아니에요. 스스로에게 취해서 자신을 영화로 만드는 거죠. 완전히 미쳐버리는 거예요. 남자에게는 세상과 대면하기 위해 안전한 장소가 필요해요. 만약 남자에게 고정된 지점, 베이스캠프가 없다면 날개를 펼칠 수가 없어요. 아니타는 집이에요. 가정이라고요. 남자가 집으로 돌아가고 싶어하지 않는 건 그저 바람을 쐬려는 이유만은 아니에요. 전 여자들에게 집착하지 않아요. 중요한 건 언제나 다음번 여자죠. 그런데 아니타는 멍청하게도 조경사와 자고 그와 함께 떠나려는 거예요. 그런 바보 같은 짓이 어디 있어요? 나는 다리위스의 말을 들으며 내 팔에 달린 수액이 방울방울 떨어지는 것을 보았다. 수액이 이상하게 불규칙하게 떨어지는 듯해서 나는 다시 간호사를 불러야겠다고 생각했다. 내가 말했다. 자네는 그녀가 자네처럼 산다면 그걸 받아들이겠나? 다시 말하면요? 그녀가 중요하지 않는 남자관계를 가진다면 말일세. 그가 고개를 저었다. 그는 주머니에서 흰 손수건을 꺼내 조심스럽게 펼쳐서 코를 풀었다. 나는 그 동작이야말로 이 특이한 사내만이 할 수 있는 독특한 행동이라고 생각했다. 그가 말했다. 아뇨. 왜냐하면 그건 아내가 할 일이 아니니까요. 그런 다음 그는 음울한 목소리로 덧붙였다. 전 지난 이틀 동안 런던에

가 있었어요. 중요한 여행이었는데, 그녀가 완전히 망쳐버렸죠. 돌아오는 길에 테제베가 프랑스 땅 맨 위쪽 외곽 지역에서 몇 분간 멈췄어요. 내가 앉은 자리 유리창 바로 앞에 작은 집 하나가 있더군요. 붉은 벽돌, 붉은 지붕, 잘 손질된 나무 울타리가 있고, 창가에는 제라늄이 피어 있었어요. 그리고 벽에 매달린 화분에는 아직 꽃이 피어 있었고요. 제가 무슨 생각을 했는지 아세요, 장 아저씨? 저는 생각했어요. 저 집 안에는 행복해지기로 작정한 누군가가 살고 있군. 난 그가 말을 이을 것이라고 생각했지만 그는 입을 다물고 어두운 얼굴로 바닥을 응시했다. 내가 생각했다. 저 친구 더 이상 어찌해야 좋을지 알 수 없는 모양이군. 다리위스 아르다시르 같은 사람이 행복의 표지로 작은 벽돌과 레이스 커튼을 찾는다는 사실은 몰락의 인증 같은 것이다. 나는 생각했다. 여기서 더 걱정스러운 건 이 친구는 그런 수단들만 있다면 행복이라는 목적이 달성될 거라고 믿는다는 거야. 한편, 나는 서둘러 의료진을 불러야 했다. 공기 방울이 팔 쪽으로 내려오고 있었던 것이다. 아니타가 지금 몇 살인지 아세요? 다리위스가 물었다. 이 공기 방울이 정상적으로 보이나? 무슨 공기 방울이오? 이 방울들 말일세. 그건 수액인데요. 자네 눈엔 그런가? 좀더 자세히 들여다보게. 그는 안경을 꺼낸 다음 고개를 들고 수액이 떨어지는 것을 살펴보았다. 수액이에요. 분명한

가? 수액 주머니 좀 두드려주게. 뭐하러요? 두들겨줘. 두드려
달라니까. 그게 도움이 될걸세. 다리위스는 수액 주머니를 두드
린 다음 다시 자리로 돌아와 앉았다. 내가 말했다. 이제 내 눈엔
아무것도 보이지 않는군. 나는 이 주렁주렁 매달린 수액 줄이
지긋지긋해. 아니타가 몇 살인지 아세요? 말해보게. 마흔아홉
살이에요. 그 나이가 자기실현의 야망이나 사랑의 열정 같은 어
리석은 일을 펼치기에 적당하다고 보세요? 저는 종종 디나 아
주머니를 생각해요, 장 아저씨. 아저씨에게는 인생을 이해하는
아내가 있어요. 디나는 하늘나라에 있네. 아저씨와 같은 유대인
들은 낙원을 믿지 않죠. 그 대신 뭘 믿나요? 우린 아무것도 믿
지 않네. 좋아요, 요컨대 그녀는 분명 잘 있을 거예요. 디나 아
주머니는 아저씨에게 아들들을 남겨줬어요. 아저씨를 돌봐주는
착한 아들들을요. 아저씨의 딸, 사위, 손자들도요. 아주머니는
울타리를 만들 줄 알았어요. 사람이 늙으면 붙잡을 손이 있어야
해요. 중요한 건 그거예요. 전 한 마리 쥐 같은 처지가 될 거예
요. 아니타는 아저씨에게 내가 그런 일을 당해도 싸다고 말하겠
죠. 어리석은 말이에요. 그렇게 말해봤자 무슨 좋은 점이 있겠
어요? 저는 호화로운 아파트, 멋진 저택들을 갖고 있어요. 그게
하늘에서 떨어진 줄 아세요? 왜 제가 침묵을 지키고, 8시에 출
근하고 자정에 잠자리에 들었겠어요? 그게 그녀를 위한 거라는

행복해서 행복한 사람들

걸 그 여잔 모르는 걸까요? 이제 두 아이, 아무것도 모르는 두 아이가 제가 일구어놓은 모든 걸 탕진해버릴 거예요. 협죽도를 심는 멍청이와의 로맨스라니. 차라리 그녀가 여자와 함께 떠나는 게 낫겠어요. 제가 물었죠. 당신 정말 그런 상황이 좋다는 거야? 아주 좋아. 바로 그 전날 내 친구 에른스트는 접이식 의자를 사러 가서는 채 1분도 앉아보지 않고 구입할 물건을 선택했다. 다리위스의 말을 들으면서 나는 디나와 함께 집에서 물건을 정리하던 어느 날 오후를 떠올렸다. 우리는 장모님이 주신 손자수가 놓인 골동품 시트와 이탈리아풍 멋진 식탁보 세트를 발견하고 생각했다. 요즘 이런 걸 어디다 쓰겠어? 디나가 소파 위에 식탁보를 펼쳤다. 약간 누레진 천이 잘 다림질되어 있었다. 그녀가 돋을새김이 있는 도자기 잔들을 죽 늘어놓았다. 한때 가치 있던 물건들이 시간과 더불어 쓸데없는 짐이 되고 만다. 나는 다리위스에게 무슨 말을 해야 좋을지 알 수 없었다. 커플 사이에는 아무도 끼어들 수 없다. 커플을 이루며 살 경우에도 우리는 커플이 무엇인지 제대로 알지 못한다. 닥터 슈믈라가 병실 안으로 들어왔다. 언제나처럼 미소짓는 친절한 얼굴로. 그가 도착하자 나는 마음이 놓였다. 내 팔에 급기야 괴저가 진행되기 시작했던 것이다. 내가 소개했다. 이쪽은 다리위스 아르다시르입니다. 가까운 친구죠. 이쪽은 내 목숨을 구해준 닥터 필리프

일세. 그런 다음 나는 바로 덧붙였다. 선생님, 제 팔이 부풀어 오른 것 같지 않아요? 제 생각엔 수액이 혈관으로 제대로 안 들어가는 것 같은데요. 슈믈라는 내 손가락과 아래 팔뚝을 눌러보았다. 그는 내 손목을 바라보고 수액의 조절기를 돌린 다음 말했다. 이 수액 주사는 끝났습니다. 이제 다 됐습니다. 내일 퇴원하실 수 있습니다. 저녁에 다시 들르겠습니다. 그때 함께 복도를 좀 걷지요. 그가 방을 나가자 다리위스가 물었다. 아저씨가받는 치료는 정확히 어떤 겁니까? 요로 감염에 대한 치료를 받고 있다네. 저 사람 몇 살인가요? 아저씨 담당의 말입니다. 서른여섯 살일걸. 너무 젊군요. 뛰어난 의사일세. 너무 젊어요. 내가 물었다. 자네 이제 어떻게 할 건가? 그는 고개를 앞으로 숙이고 마치 허공을 들어 올리려는 사람처럼 두 팔을 벌렸다가 다시 내려뜨렸다. 그의 눈길이 내 나이트 테이블 위를 이리저리움직였다. 그가 말했다. 무슨 책을 읽고 계세요? 라울 힐베르크의 《홀로코스트, 유럽 유대인의 파괴》라네. 병원에서 읽을 걸로 기껏 그런 책밖에 못 찾으셨어요? 이건 병원에서 읽기에 완벽한 책일세. 이것도 효과가 없으면 슬픈 책들을 읽어야 한다네. 다리위스가 그 두꺼운 책을 집어 들었다. 그는 멍한 눈길로 페이지를 넘겼다. 그러니까 제게 충고를 해주신다면요. 기운 내게. 어쨌거나 그는 미소를 지어 보였다. 그가 책을 내려놓고 말했다. 그녀는 내게 사실을 털어놔야 했어요. 그녀가 은밀하게 날 배신했다는 걸 난 받아들일 수 없어요. 슈믈라의 확인에도 나는 팔이 점점 부풀어 오르는 듯한 느낌이 들었다. 내가 말했다. 내 양쪽 팔 좀 보게. 두께가 똑같은가? 다리위스가 고개를 들었다. 그는 다시 안경을 끼고 내 두 팔을 살펴보고는 말했다. 완전히 똑같아요. 그런 다음 그는 다시 자리에 앉았다. 우리는 잠시 말없이 복도의 소음과 카트 굴러가는 소리, 사람들의 목소리를 들으면서 앉아 있었다. 이윽고 다리위스가 말했다. 여자들이 순교자 역할을 휩쓸어 가버렸어요. 여자들은 그것에 대해 목청을 높여 이러쿵저러쿵하죠. 징징거리고 한탄해요. 실제로 진짜 순교자는 남자인데 말이에요. 나는 그 말을 들으며 친구 세르주가 알츠하이머 초기에 한 말을 떠올렸다. 나로서는 왜 그런지 도저히 이유를 알아낼 수 없었지만 그는 롬마리 가에 가고 싶어했다. 그런데 롬마리 가가 어디 있는지 아무도 몰랐다. 우리는 마침내 그가 말하는 곳이 마르티르 가라는 것을 깨달았다 (롬 마리에l'homme marié란 결혼한 남자, 마르티르martyre란 순교자라는 뜻이다-옮긴이). 나는 이 일화를 다리위스에게 들려주었다. 다리위스는 세르주와 가깝지는 않지만 아는 사이였다. 그가 내게 물었다. 그분 요즘 어떻게 지내세요? 그런 대로 잘 지낸다네. 내가 말했다. 무엇보다 중요한 건 그의 뜻을 거슬러서는 안

된다는 걸세. 난 언제나 그의 말이 맞다고 하지. 다리위스가 고개를 끄덕였다. 문 근처 마룻바닥의 한곳을 골똘히 바라보더니 그가 말했다. 알츠하이머라는 그 병 참 근사하군요.

다미앵 바르네슈

아버지는 제게 말씀하셨어요. 만약 누가 네게 아버지가 뭐 하시는지 물으면 기술 고문이라고 대답하라고요. 실제로 아버지는 매매계약 관리회사의 기술 고문 앞으로 된 급여 명세표를 받으셨죠. 그 회사 사장의 브리지 게임 파트너를 해주는 조건으로요. 우리 할아버지는 경마로 파산하셨어요. 그래서 아버지는 혼자 결심을 하고 여러 해 동안 도박장 근처에는 가지도 않으셨대요. 내가 무슨 기상천외한 이야기라도 하는 것처럼 룰라는 내 이야기에 귀를 기울인다. 그녀는 정말 귀엽다. 그녀는 매일 아침 내 차 안에, 요컨대 그녀를 데리러 가고 데려오기 위해 영화사에서 내준 자동차에 탄다. 내 옆 조수석에 앉아 살짝 졸기도 한다. 나는 그녀가 먼저 말하지 않는 한 그녀에게 말을 걸지 말라는 지시를 받았다. 피곤한 그녀의 상태와 집중해야 할 필요를 존중해야 한다는 것이다. 하지만 룰라 모레노는 내게 질문을 던지고 관심을 가진다. 다만 보통 여배우들이 그러하듯이 자기 이야기는 하지 않는다. 나는 그녀에게 영화 일이 마음에 든다고, 지금은 영상 조정실에서 일하지만 그보다는 연출을 해보고 싶다고 말한다. 사실 나는 내가 뭘 하고 싶은지 잘 모르겠다. 우리 바르네슈 집안에서 전문 도박사가 되지 않은 사람은 내가 처음이다. 룰라는 내게 친숙하게 반말을 하고 나는 그녀에게 존댓말로 대답한다. 내가 스물두 살, 그녀가 막 서른 살이 되었을 뿐인데도 말이다(그녀가 내게 자기 나이를 알려주었다). 날이 지남에 따라 나는 그녀에게 내 삶을 이야기해준다. 룰라 모레노는 호기심이 많고 섬세하다. 내가 의상 보조 제럴딘에게 관심이 있다는 사실을 그녀는 단번에 알아차렸다. 연한 눈빛에 가무잡잡한 피부를 하고 머리카락을 풀어헤치고 다니는 키 작은 제럴딘 말이다. 이 여자에 대한 첫인상은 좀 복잡했다. 왜냐하면 우리는 음악에 대해 이야기했는데, 그래서 이내 그녀가 블랙 아이드 피스와 여가수 자즈를 좋아한다는 걸 알 수 있었던 것이다. 그럴 경우 나는 대개 곧바로 입을 다물고 만다. 하지만 우리가 클로스터노이부르크에 있다는 사실, 오스트리아에서의 촬영에 임하고 있다는 사실이 나를 보다 참을성 있게(또는 무르게) 만든 모양이다. 무엇보다도 우리 둘 다 곧바로 뤼라는 회사에서 나오는 '팽'을 매우 좋아한다는 사실을 알아냈다. 우리는 어렸을 때를, '팽 화이트초코버찌'가 나오던 시절을 잊지 않고 있었다. 우리는 슈퍼마켓 카지노가 그 브랜드의 질을 떨어뜨렸다는 것에 동의했다. 제럴딘은 내게 언제 팽 캐러멜이 나올 것 같은지를 물었다. 내가 대답했다. 그래. 비스킷을 더 단단하게 하거나 캐러멜을 아주 가볍고 부드럽게 만들면 가능해. 부드러운 데 위에 부드러운 것을 올릴 수는 없으니까, 비스킷을 더 단단하게 만들거나 캐러멜 용액을 아주 연하게 만들어야 할 거야. 제럴딘이

　　　　　　　　　　　　　행복해서 행복한 사람들

대답했다. 하지만 그렇게 되면 더 이상은 '팽'이 아닐 것 같아. 나는 그녀의 말에 완벽하게 동의했다. 그녀는 팽 푸아르(배)가 나온다는 걸 모르고 있었다. 그건 매우 드물어서 아는 사람이 거의 없었다. 내가 그녀에게 말했다. 그건 팽 가운데에서도 최고의 제품이야. 딸기나 오렌지와는 달리 잼이 상대적으로 두껍게 발라져 있지만 그 맛은 씹을 때에만 느낄 수 있어. 그런 다음 입안으로 퍼져나가지. 오렌지는 맛이 금세 느껴지지만 배는 시간이 걸려. 배맛이 비스킷 속에 녹아들어. 포장까지 완벽해. 패키지가 진짜 멋져. 흔한 초록색을 쓴 게 아니라 회갈색이 도는 녹색을 썼어. 모두 열광했지. 마지막으로 내가 말했다. 네 인생에서 처음으로 '팽 푸아르'를 먹을 때는 반드시 포장을 보면서 먹어야 해. 그녀가 대답했다. 그래, 그래, 당연하지! 내가 그녀와 사랑에 빠진 것은 그녀가 이런 걸 이해하는 매우 드문 여자이기 때문이다. 룰라도 내 말에 동의한다. 제럴딘과 내가 잘될지 어떨지 나는 알 수 없다. 나는 어떤 여자에게 진짜로 끌릴 때 고개를 조아리는 그런 형이 아니다. 나로서는 결과에 대한 보장 같은 게 필요하다. 클로스터노이부르크에 있을 때는 내가 그녀의 마음에 든 것 같았다. 하지만 우리가 그곳에서 돌아온 후 그녀는 녹음용 마이크를 들어주는 녀석의 꼬임에 넘어간 것 같다. 녀석이 커다란 새우로 변장해 스카우트식으로 세 손가락을 올려 경례를 한 것이다(나로서는 거기에 무슨 암시가 있는지 어떤지 확신할 수 없다. 그가 암시적인 의미에서 그랬다면 그건 더 심각하다). 오스트리아에서 돌아온 후 거기서는 없었던 또 다른 문제가 생겼다. 제럴딘이 발레리나 슈즈를 신고 다니는 것이다. 원피스 차림에도 말이다. 프랑스에서는 대학교 같은 곳에서 고개를 숙이면 발레리나 슈즈를 신은 다리들이 숲을 이룬다. 그런데 내게 발레리나 슈즈는 권태의 동의어이자 노 섹스를 뜻한다. 룰라는 내게 여자들에게 짜증을 느끼는 것들을 목록으로 만들어서 말해달라고 부탁했다. 나는 그런 건 무수히 많다고 대답했다. 말해봐. 내가 말했다. 괴상한 머리 모양을 하는 것. 모든 걸 분석하려 드는 것. 가톨릭 신자인 것. 전투적인 것. 친구라고는 여자 친구들뿐인 것. 저스틴 팀버레이크를 좋아하는 것. 블로그를 하는 것. 룰라가 웃었다. 내가 말했다. 당신처럼 웃을 줄 모르는 것. 오스트리아에서 촬영할 때 한 남배우의 마지막 촬영 날 저녁 작은 파티가 열렸다. 그때부터 제럴딘에게 눈독을 들이던, 녹음용 마이크를 들어주는 그 녀석에게 여지를 주지 말라고 룰라는 내게 충고했다. 나는 무대장치들이 쌓여 있는 지하실로 통하는 층계에서 제럴딘과 어깨를 붙이고 앉기에 이르렀다. 나는 적포도주 한 병을 슬쩍 가져와 두 개의 일회용 컵에 따라 그녀와 함께 마셨다. 특히 내가 많이 마셨다. 내가 말했다(미국 드라

　　　　　　　　　행복해서 행복한 사람들

마에서 배우들이 섹스 직전의 시퀀스에서 하듯이 웅얼거리는 어조로).
내가 대통령이라면 다음 일련의 개혁들을 당장 시행할 것이라
고. 배경을 지지해준다지만 등을 돌리자마자 떨어져버리는 천
장 구조물을 유럽 내에서 금지하는 법률, 새 신발 상자 속에 박
엽지를 넣는 걸 금지하는 법률(이름만 박엽지일 뿐 사실은 박엽지
와 트레이싱 페이퍼 중간쯤 되는 종이). 그것의 용도는 그 신발이
새것임을 알려주고 시간을 허비하게 하는 것뿐이다. 종이로 된
약상자를 열자마자 어마어마한 주의 사항으로 사람을 당황하게
만드는 것에 반대하는 법률. 잠이 오지 않아 수면제를 꺼내려다
가 그 종이를 발견하고 훑어보았다가는 겁에 질리고 만다. 그
약이 미칠 수 있는 위험을 생각하면 그 약을 개발한 연구소에
살인죄라도 적용해야 할 것 같다. 제럴딘이 말했다. 너 수면제
먹니? 아니, 항히스타민제를 복용해. 그게 뭔데? 난 문제의 심
각성을 느끼지 못할 정도로 취한 건 아니었다. 제럴딘은 내 시
답잖은 수다에 넘어가 내게 점차 몸을 기대오기는커녕 항히스
타민제라는 말뜻도 모르는 여자라는 사실을 드러낸 것이다. 엄
격한 성정과 뉴에이지적 성향을 드러내면서 수면제 사용을 반
대하는 어조를 썼다는 건 차치하고서라도 말이다. 내가 말했다.
알레르기에 먹는 약이야. 너 알레르기 있어? 천식 증세가 있어.
천식? 그녀는 왜 모든 단어를 그렇게 반복하는 것일까? 포도주

를 한 모금 마신 후 내가 음울한 목소리로 말했다. 화분증. 그리고 다른 알레르기도 있어. 그런 다음 나는 그녀에게 키스했다. 그녀는 내가 하는 대로 내버려두었다. 나는 그녀를 창고 콘크리트 벽으로 향한 층계에 쓰러뜨리고 몸 여기저기를 만지기 시작했다. 그녀는 알아들을 수 없는 말을 중얼거리며 사지를 흔들어 댔다. 나는 신경이 날카로워져서 물었다. 뭐라고? 그녀 위에서 잔뜩 흥분한 채. 뭐라고? 뭐라고 했어? 그녀가 거듭 말했다. 여기는 싫어, 여기는 싫다고, 다미앵! 그녀는 나를 밀쳐내려 애썼다. 여자애들이 흔히 하는 반은 예스, 반은 노라는 태도로. 나는 티셔츠 속으로 고개를 파묻었다. 그녀는 브래지어를 하고 있지 않았다. 나는 그녀의 젖가슴을 베어 물었다. 알아들을 수 없는 신음이 들려왔다. 허벅지와 엉덩이를 애무하다가 팬티 가장자리에 이르렀다. 나는 그녀의 손을 잡아 내 성기를 쥐게 하려 애썼다. 그때 갑자기 그녀가 정말로 격분해서 되는 대로 발길질을 하고 소리를 지르면서 팔다리로 나를 밀쳐냈다. 그만해. 그만하란 말이야! 나는 반대편 벽으로 나동그라졌다. 내 눈앞에 얼굴이 벌겋게 된 채 흥분한 여자애가 서 있었다. 그녀가 말했다. 넌 미쳤어! 내가 물었다. 내가 뭘 어쨌다고 그래? 농담해? 미안해. 나는 너도… 너도 싫어하지 않는 줄 알았어…. 여기선 아냐. 이런 식으로는 싫다고. 그게 무슨 뜻이야, 이런 식으로라니? 이렇

행복해서 행복한 사람들

게 거칠게는 싫다는 거야. 예비행위도 없이. 여자들에겐 예비행위가 필요해. 그런 것도 못 배웠어? 그녀는 머리카락을 정돈하려 애썼고 매무새를 가다듬기 위해 열 차례나 같은 동작을 반복했다. 나는 생각했다. 예비행위라니 정말이지 끔찍한 단어 아닌가. 내가 말했다. 네 머리카락을 그냥 내버려둬. 헝클어져 있을 때가 예뻐. 난 머리가 헝클어지는 게 싫어. 나는 병에 남아 있는 포도주를 마저 마셨다. 내가 말했다. 이 싸구려 포도주는 역겹군. 그런데 왜 마셔? 이리 와서 내게 키스해줘. 싫어. 위층에서 사람들이 음악을 틀었지만 무슨 곡인지 알 수 없었다. 내가 구걸하듯이 한 손을 내밀었다. 이리 와. 싫어. 그녀가 머리카락을 뒤에서 하나로 묶고 일어섰다. 나는 탈진한 몸으로 벽에 머리를 가져다댔다. 아무 일도 일어나지 않았다. 그녀는 두 팔을 늘어뜨린 채 거기 서 있었고 나는 바닥에서 한 손으로 플라스틱 컵을 우그러뜨리고 있었다. 젊음이라는 것, 살아낼 세월이 앞에 있다는 게 그런 것이었다. 다시 말해 아무것도 아니었다. 깊은 심연. 하지만 떨어져 내리는 그런 심연은 아니다. 눈앞 높은 곳에 있는 심연이다. 카드 게임으로 먹고사는 아버지가 옳다. 제럴딘이 내 옆에 와서 웅크리고 앉았다. 나는 머리가 아파오기 시작했다. 그녀가 물었다. 괜찮아? 응. 무슨 생각해? 아무 생각도 안 해. 아니잖아. 내게 말해봐. 정말 아무 생각도 안 한다니까. 나는 조금 차분해지기를 기다려 몸에 닿지 않도록 조심해서 그녀에게 입맞춤을 했다. 나는 일어서서 제자리뛰기를 하며 바지를 추어올리고 말했다. 난 그만 갈래. 그 말을 듣자마자 그녀가 일어나더니 말했다. 나도 갈래. 너 화났니? 아니. 그렇게 갈팡질팡하는 태도가 내 신경에 거슬린다. 갑자기 풀이 죽은 그 목소리가. 나는 성큼성큼 층계를 올랐다. 나와 보조를 맞추기 위해 그녀가 서두르는 것이 느껴졌다. 계단 꼭대기에 이르기 직전 그녀가 말했다. 다미앵? 왜? 아무것도 아냐. 1층의 분위기가 좋았다. 사람들이 춤을 추고 있었다. 물론 룰라 모레노는 이미 가고 없었다. 다음 날 자동차 안에서 나는 그녀에게 전날 저녁의 일을 대충 들려주었다. 룰라가 말했다. 너희 두 사람은 어떤 식으로 헤어졌는데? 나는 자동차를 타고 집으로 돌아왔어요. 작별 인사를 어떻게 했느냐고? 안녕, 안녕. 그리고 뺨에 입을 맞췄죠. 바보 같기는. 룰라가 말했다. 바보 같았죠. 내가 그녀의 말을 반복했다. 동이 트고 있었고 그 시간이 불쾌했다. 나는 자동차 안에서 할 수 있는 모든 것을 작동시켰다. 와이퍼, 김 서림 방지제, 그리고 여러 방향으로 열기가 나오는 히터를. 내가 말했다. 내 소유의 스쿠터가 한 대 있어요. 룰라가 고개를 끄덕였다. 친구들이 자전거를 탈 때 난 롤러스케이트를 탔어요. 그들이 자동차를 타는 지금 전 스쿠터를 타고요. 나는 언제나 편안한 속도를 유지하죠. 내가 말했다. 여자들을 껌벅 넘어가게 하는 아주 유명한 비결이 있어요. 모두 그걸 알죠. 그건 한 마디도 안 하는 거예요. 싫은 표정을 짓고 있는 과묵한 남자들이 사랑을 받죠. 하지만 저는 그렇게 잘생기지도 않았고, 침묵을 지킬 만큼 매력적으로 태어나지도 못했어요. 전 많이 지껄이고 농담을 하고 줄곧 상대를 재미있게 해주고 싶어요. 당신과 함께 있을 때에도 난 웃음을 주는 남자가 되고 싶어요. 허풍을 잔뜩 떨고 난 다음에는 종종 스스로가 원망스러우면서 우울해져요. 특히 제 말이 별 효과가 없을 때는 기분이 몹시 나빠요. 15분 정도 우울해지죠. 그런 다음 유쾌한 스릴이 다시 솟구쳐요. 여자를 유혹하는 이 모든 서커스가 지겨워요. 룰라가 말했다. 네가 가진 스쿠터가 어떤 건데? 야마하 젠터 125예요. 어떤 건지 아세요? 한때 난 베스파를 몰았지. 〈로마의 휴일〉에 나오는 것 같은 분홍색 베스파였어. 내가 말했다. 상상이 가요. 그 모습이 아주 깜찍했을 거예요. 그런데 그 영화 흑백 아니었어요? 그녀가 잠시 생각에 잠겼다. 아, 그래, 맞아. 하지만 그건 분홍색이었던 것 같아. 아니 어쩌면 분홍색이 아니었는지도 모르겠다.

뤼크 콩다민

어제 나는 개줄로 쥘리에트를 때렸어. 내가 말했다. 자네 개 기르나? 리오넬이 물었다. 로베르는 주방에서 우리에게 줄 나폴리식 수고(소스)를 곁들인 스파게티를 만들고 있었다. 나는 두 멍청한 친구들을 이런 식으로 만나는 게 참 좋다. 주방 식탁에서 여자들 없이 우리끼리만 모이는 거 말이다. 그것을 두고 리오넬이 우리 자신에게, 최악의 우리 자신에게 집중하는 거라고 말한 적 있다. 내가 개줄로 내 딸을 때렸다니까. 내가 조금 전 한 말을 되풀이했다. 그 애의 불손함에 대해 입씨름을 하고 나서 방을 나가려는 그 애에게 내가 말했지. "문 쾅 닫지 마라!" 그런데 그 애는 있는 힘껏 문을 닫더군. 나는 방바닥에 놓여 있던 개줄을 집어 들고 복도로 달려나가 그 애를 잡고 두들겨 팼지. 그리고 아무 후회도 거북함도 느끼지 않았어. 오히려 마음이 편해지던걸. 그 애가 집안 분위기를 살벌하게 만들고 우리에게 날카롭게 소리를 지르거든. 내가 우리 딸을 개줄로 때렸다는 것을 알자 아내는 말없이 얼굴을 일그러뜨리더군. 그러더니 나에 대한 경멸을 드러내기 위해 이디시 극에 나오는 박해받는 유대인 배우 같은 표정을 짓는 거야. 그러더니 방을 나갔다가 잠시 후 돌아와서는 내게 팔과 등을 보이며 여자들 특유의 침묵을 지키더군. 내가 말했어. "그 애가 그럴 만한 잘못을 저질렀어." 쥘리에트가 부어터진 얼굴로 나를 훑어보며 이러는 거야. "난 아빠를 증오해." 그 애가 귀엽다는 생각이 들었어. 이번엔 억양이 정상 범위를 벗어나지 않았더라고. 그러자 아내가 이러더군. "당신은 병을 치료해줄 누군가를 만나봐야 해." 정말 내가 누군가를 만나봐야 할까? 난 자네가 개를 길렀었다는 기억이 없는걸. 리오넬이 말했다. 길쭉한 쥐였지. 그걸 개라고 불러줘. 이 포도주 정말 좋군. 브루넬로 디 몬탈치노 2006년산이라. 브라보. 난 이제 더 이상 여자들에게 인내심을 가질 수가 없어. 지난번에 어머니와 전화 통화를 하는데, 아내는 거울 앞에 앉아 있고(그녀는 잔뜩 인상을 쓰고 있었어), 쥘리에트가 자기 언니에게 소리를 지르는 거야. 그때 속으로 생각했지. 이런 빌어먹을! 신문사에 말해서 나를 멀리 보내달라고 해야겠어. 그런데 파올라는 어떻게 지내? 자네 아직도 그 여자 만나나? 로베르가 물었다. 아직 만나. 하지만 곧 그만 만날 거야. 자네 오딜에게 이런 말 하지 않았지? 그럼 그럼. 그런데 왜 그만 만날 생각인데? 창녀인 줄 알았는데 실제론 덕망 높은 여인이었다는 게 드러나는 순간이 있으니까. 난 뱃사람들이 드나드는 바에 있는 여자들만 좋아하는데, 안타깝게도 지적인 여자들에게 인기가 있어. 나를 시적인 밤으로 초대하는 그런 여자들 말이야. 그녀가 자네보다 훨씬 나아. 로베르가 말했다. 바로 그래서 그 여자가 싫다니까. 그런데 비르지니 데뤼엘, 그 여자와는 어떻게 됐어? 그게 누군

행복해서 행복한 사람들

데? 리오넬이 물었다. 저 친구가 다니는 스포츠 클럽에서 만난 젊은 여잔데, 나한테 넘겨주고 싶대. 로베르가 대답했다. 이미 자네에게 넘겼어. 그러고 싶으면 그렇게 해. 좋아, 그래서? 로베르가 웃음을 터뜨리고 긴 스파게티 국수를 힘들여 건졌다. 먹어봐. 다 익었어? 좀더 끓일까? 이건 됐어. 조금 전 하던 이야기 해보라고! 싫어. 저 친구가 이야기를 하면 우리가 그의 모험에 대해 귀중한 충고를 해줄 텐데, 저 친구는 혼자 외롭게 그 모험을 감당하겠다는군. 내가 리오넬에게 말했다. 그때 집 안 어딘가에서 요란한 음악소리가 들려왔다. 저건 뭐야? 시몽이야. 저 녀석 때문에 우리 이 건물에서 쫓겨날 것 같아. 로베르가 말했다. 그는 파스타를 내버려두고 복도를 달려갔다. 음악소리가 갑자기 멎었다. 그가 길게 뭐라 말하는 소리가 들려왔다. 그는 둘째 아들과 함께 돌아왔다. 정말 잘생긴 소년이었다. 아들을 하나만 낳을 걸 그랬어. 이웃 사람들이 벨을 누르면 이 아이 형을 내보내 일을 해결하라고 해야겠어. 물론 난 백 퍼센트 이웃들 편이야. 애야, 넌 뭘 줄까, 우유? 앙투안이 빠르고 불분명한 어조로 대답했다. 블랙커런트 주스요. 저녁엔 안 돼. 이 닦고 난 다음엔 안 된다. 블랙커런트 주스 주세요. 앙투안이 거듭 말했다. 어째서 우유를 안 먹으려는 거지? 너 우유 좋아하잖아! 난 블랙커런트 주스가 먹고 싶어요. 그 애에게 그 주스를 줘. 그런

다고 무슨 일이 생길라고. 내가 말했다. 로베르가 그 애에게 블랙커런트 주스를 한 잔 주었다. 이제 침대로 가, 곰돌아. 로베르가 스파게티의 물기를 빼고 식탁 위의 접시에 쏟아놓았다. 리오넬이 말했다. 우리도 자코브 때문에 몇 년 동안 그런 일을 겪었지. 이웃 사람들은 우리집 벨을 누르느라 바빴고. 그런데 요즘 자코브는 어때? 여전히 런던에서 연수 중이야? 로베르가 물었다. 리오넬이 고개를 끄덕였다. 벌써 무슨 연수야? 내가 물었다. 음반회사에서 하는 거야. 회사 이름이 뭔데? 작은 회사야. 아이가 좋아해? 그런 것 같아. 로베르는 우리에게 대접할 음식을 내느라 분주했다. 그는 파르메산 치즈를 갈고 바질을 잘라서 소스 위에 뿌렸다. 그러고는 양념과 시칠리아산 올리브 오일, 고추를 우려낸 올리브 오일들을 늘어놓았다. 그가 우리 잔에 포도주를 채웠다. 우리 셋 모두 기분이 좋았다. 우리는 건배를 하고 잔을 부딪쳤다. 우정을 위해. 늙어감을 위해. 우리를 맞아줄 질 좋은 호스피스 시설을 위해. 영광스럽게도 리오넬과 함께 시간을 갖는 특혜에 감사하며. 로베르가 빈정거렸다. 리오넬이 뭐라 반박하려 했다. 내가 말했다. 자네가 도대체 시간을 내지 않는다는 건 인정해야 해. 저 친구 말이 맞아. 리오넬 위트네르와 약속을 잡는 건 넬슨 만델라와 약속을 잡는 것보다 어려울걸. 이런, 말도 안 돼! 유머 감각 좀 키워, 이 친구야! 자네는 우리

행복해서 행복한 사람들

가운데 유일하게 행복한 부부생활에 성공한 사람이잖아. 그러려면 분명히 시간과 품이 들 거야. 식당 문이 열리더니 오딜과 로베르의 장남 시몽이 모습을 나타냈다. 몸은 어린이였지만 원래 머리색과는 다르게 탈색되어 이마에 절묘하게 붙어 있는 구불구불한 갈색 머리카락 한 줌이 유행에 대한 관심을 드러내고 있었다. 또 뭐냐? 로베르가 물었다. 가능하다면 더 이상 방해받지 않았으면 좋겠구나. 블랙커런트 주스 남았어요? 이런, 스파게티라니 정말 맛있겠어요. 저도 좀 먹어도 돼요? 한 접시 담아서 얼른 갖고 올라가. 스파게티와 토마토, 파르메산 치즈가 접시 위에 작은 산을 이루는 것을 보며 벌써 짧아진 붉은색 파자마를 입은 소년의 눈에 흥분과 기쁨이 떠오르고 있었다. 나는 그 모습을 바라보며 그 애가 다른 손으로 블랙커런트 주스 한 잔을 들고 자리를 뜰 때까지 기다렸다가 말했다. 행복은 하나의 재능인 거 같아. 행복할 재능이 없다면 사랑이 있어도 행복해질 수 없어. 뤼크, 자네 이 밤을 우울하게 만들 참이군. 로베르가 말했다. 스파게티에 집중해줘. 칭찬의 말 같은 거 없어? 정말 맛있군. 리오넬이 대답했다. 죽을 때 아내와 나, 우리 삶의 결산은 소름끼칠 정도로 형편없을 거야. 하지만 그런 결산 같은 것에 누가 신경이나 쓰겠어? 내 삶을 망쳐버린 것, 난 전혀 상관없어. 9월에는 유도를 배울까 해. 앙투안이 다시 모습을 나타냈다. 그 애가 말했다. 저도 파스타 좀 주세요. 넌 이미 저녁 먹었잖아. 도대체 너희들 왜 이러니, 성가시게. 어서 침대로 돌아가. 로베르가 소리쳤다. 어째서 형만 더 먹을 수 있는 거예요? 네 형은 열두 살이니까. 퍽이나 설득력 있군. 내가 끼어들었다. 로베르가 접시 하나를 집어 들어 스파게티 한 줌을 던졌다. 소스는 필요 없어요. 파르메산 치즈만 주세요. 앙투안이 말했다. 자, 이제 가봐. 로베르가 브루넬로를 한 병 더 땄다. 자네 소식을 그동안 잘 못 들은 것 같군. 내가 리오넬에게 말했다. 리오넬이 기묘한 표정을 지었다. 그는 손에 쥔 잔을 빙빙 돌리며 잔 바닥을 들여다보았다. 그런 다음 굵고 낮은 목소리로 말했다. 사실은 자코브가 입원했네. 침묵이 이어졌다. 그가 말을 이었다. 그 애는 런던이 아니라 뤼에유말메종의 정신병원에 있어. 자네들이 비밀을 지켜줄 걸 믿어도 되겠지? 안로르나 오딜, 그 밖의 누구에게도 한 마디도 해선 안 돼. 우리가 대답했다. 물론이지. 그러고말고. 로베르가 리오넬의 잔에 포도주를 따랐다. 리오넬이 몇 모금을 연속으로 마셨다. 자네들 그 애의 성향… 그 애의 열중 기억하지? … 그러니까… 그러니까 셀린 디옹에 대한 거 말이야. 셀린 디옹이라는 이름을 입 밖에 내자마자 리오넬은 침까지 튀기며 웃어대기 시작했다. 웃음을 도저히 참을 수 없는 듯 그의 충혈된 두 눈에 눈물이 글썽거리고 몸이 경련하듯 흔들렸다.

202   행복해서 행복한 사람들

그렇게 웃는 그를 보며 우리는 겁에 질렸다. 그는 다른 이야기를 하려 애썼지만 그 이름을 반복하는 것 외에 다른 말을 할 수 없는 모양이었다. 게다가 이름 전체를 온전히 발음한 것도 아니었다. 목이 졸린 듯한 어조로 발음된 그 이름의 일부가 매번 서글픈 웃음소리에 덮이고 말았던 것이다. 리오넬은 뺨 위에 흘러내리는 눈물을 한쪽 손바닥 전체로 닦았다. 우리는 그의 눈물이 웃어서 나오는 것인지, 울어서 나오는 것인지 알 수 없었다. 잠시 후 그가 진정되었다. 로베르가 그의 어깨를 두드렸다. 우리는 그렇게 가만히 앉아 있었다. 식탁에 셋이 둘러앉은 채. 모든 걸 다 이해했지만 무엇을 해야 좋을지 알 수 없었다. 이윽고 리오넬이 자리에서 일어났다. 그는 개수대의 수도꼭지를 틀어 얼굴에 몇 차례 물을 끼얹었다. 그는 우리에게 몸을 돌리고는 신중하게 단어를 고르려 눈에 띄게 애쓰면서 말했다. 자코브는 셀린 디옹 행세를 하고 있어. 실제로 그 애는 자신이 셀린 디옹이라고 생각해. 나는 차마 로베르를 쳐다볼 수 없었다. 리오넬이 극도로 장중한 어조로 두 번째 문장을 말했을 때 우리는 겁에 질린 눈길로 서로에게서 고개를 돌렸다. 나는 생각했다. '로베르를 바라보지만 않으면 심각한 표정을 유지할 수 있어. 로베르에게 눈길만 안 주면 리오넬이 필요로 하는 슬픈 표정을 유지할 수 있다고.' 리오넬이 말했다. 그 애는 지상에서 가장 유쾌한 아이였어. 가장 창의적이고. 그 애는 자기 방에 풍경을 만들어 놓았어. 섬들과 동물원과 주차장을. 그 애는 각종 공연을 연출했지. 음악뿐 아니라. 그 애는 가짜 돈으로 물건을 사는 상점도 만들어 놓았어. 그러고는 이렇게 소리치는 거야. 가게 문 열었어요! 이유는 알 수 없었지만 이 상점에 대한 언급이 그 친구를 근심스런 몽상에 빠뜨린 듯했다. 그는 타일 위의 한 점을 물끄러미 바라보았다. 이윽고 그가 말했다. 자네 말이 맞아. 행복은 하나의 재능이야. 그런데 어린 시절에는 그런 재능이 필요 없는 게 아닐까? 나는 이런 질문을 해봤어. 어린 시절이 행복하다는 건 인생 전체로 볼 때는 오히려 나쁜 게 아닐까? 허리선보다 높게 올라간 벨트 밖으로 셔츠 자락을 흐트러뜨린 채 주방 한가운데 서 있는 리오넬을 바라보며 나는 정말 아무것도 아닌 것이 한 사내를 지극히 연약하게 보이게 할 수 있군 하고 생각했다. 내 뒤에서 로베르가 말했다. 이리 와서 앉게, 이 친구야. 그때 나는 뒤를 돌아보는 실수를 저지르고 말았다. 한순간 내 눈이 로베르의 눈과 마주쳤다. 우리 둘 가운데 누가 먼저 터졌는지는 모르겠다. 우리는 터져 나오는 웃음을 참으며 식탁 위로 몸을 깊이 기울였다. 로베르에게 그만 멈추라는 뜻으로 그의 한쪽 팔을 움켜쥐었던 것이 기억난다. 지금도 내 귀에는 미처 억제하지 못한 그의 웃음소리가 들리는 듯하다. 우리는 여전히 웃음을 그치지 못한 채 자리에서 일어나 리오넬에게 용서를 구했다. 로베르가 리오넬의 두 팔을 잡았고 나는 그들에게 몸을 가져다 붙였다. 우리는 엄마 치마폭에 숨은 숫기 없는 두 아이처럼 그를 끌어안았다. 이윽고 로베르가 몸을 떼었다. 그는 심각한 표정을 짓는 데 성공했다. 내가 생각하기에 극도의 집중력을 발휘했을 것이다. 그가 말했다. 우리가 놀리는 거 아니란 거 자네도 잘 알지. 리오넬이 대범하게도 너그러운 미소를 지으며 말했다. 알지. 알고말고. 우리는 다시 식탁에 앉았다. 로베르가 잔들을 채웠다. 우리는 다시 건배를 했다. 우정을 위해. 자코브의 건강을 위해. 우리는 몇 가지 질문을 했다. 리오넬이 대답했다. 아내는 정말 대단해. 그녀가 얼마나 걱정하는지 나는 잘 알아. 하지만 이제 그녀는 침울해하지 않아. 긍정적으로 생각하려 애쓰고 있지. 내 아내에게 자네들이 이 사실을 알고 있다는 걸 티내지 말아주게. 언젠가 그녀가 자네들에게 사실을 말한다 해도, 자네들은 아무 것도 몰랐던 것처럼 행동해주게나. 우리는 이 일에 대해 아무 말도 하지 않겠다고 약속했다. 우리는 다른 이야기를 하려 애썼다. 리오넬이 내게 최근 내가 쓴 기사에 대해 물었다. 나는 두 친구에게 마케도니아 스코페에서 있었던 유대인기념관 준공식에 대해 들려주었다. 그 행사는 땅바닥에 플라스틱 의자를 늘어놓고 야외에서 거행되었다. 장난감 나팔에서 나는 것 같은 팡파르 소리가 멀리 퍼졌다. 스킨헤드처럼 머리카락을 밀어버린 마케도니아 군인 셋이 긴 케이프 차림으로 위에 쿠션이 놓인 두 팔을 수평으로 들어 올리고 있었는데, 쿠션 위에는 소다수 캔 하나가 놓여 있었다. 트레블링카 수용소에서 희생된 유대인들의 뼛가루를 담은 유골함이었다. 모든 게 정말 괴상망측했다. 그로부터 한 달 후 르완다에서 다시 팡파르가 울렸다. 키갈리 스타디움에서 18회 인종학살기념일 행사가 열렸다. 〈벤허〉에서 사자들이 나온 것 같은 문으로부터 사람들이 오리걸음으로 나와서는 몽둥이를 휘둘러댔다. 내가 말했다. 도대체 왜 이 모든 학살은 팡파르로 끝나야 하는 거지? 그래, 자네 말이 맞아. 리오넬이 동의했다. 그리고 우리는 다시 웃기 시작했다. 물론 잔뜩 배가 부른 채 셋 모두가.

엘렌 바르네슈

얼마 전 버스에서 맞은편 좌석 창가 쪽에 풍채 좋은 남자가 앉아 있는 걸 보았다. 한동안 나는 그 남자에게 관심을 갖지 않았다. 내가 고개를 들어 그를 바라본 것은 그가 나를 줄곧 바라보고 있는 것 같아서였다. 남자는 거의 관상이라도 보려는 것처럼 아주 진지하게 내 얼굴을 뜯어보고 있었다. 나는 그런 경우 흔히 하는 반응을 보였다. 보통 무관심을 강조하기 위해 그 시선을 꿋꿋이 견뎌내거나 눈길을 돌려버리거나 하지 않는가. 그런데 나는 그 눈길이 편치 않았다. 그의 관심이 집요하다는 게 느껴졌고 한 마디 쏘아붙여야 하지 않을까 하는 생각까지 했다. 내가 그럴까 말까 하고 있는데, 그 남자가 이렇게 말하는 소리가 들려왔다. 엘렌? 엘렌 바르네슈? 내가 물었다. 절 아시나요? 그러자 그는 자신이 이 세상 유일한 남자라는 듯이, 이번이 바로 그런 경우라는 듯이 이렇게 대답했다. 나, 이고르야. 내가 그를 금방 알아본 것은 그 이름 자체보다도 그것을 발음하는 방식 때문이었다. 오 자를 길게 끌면서 두 개의 음절 사이에 오만한 빈정거림을 슬쩍 끼워 넣는 발음 말이다. 나는 바보스럽게도 그 이름을 반복해서 중얼거리고는 이번에는 내가 그의 얼굴을 자세히 뜯어보았다. 나는 사진을 좋아하지 않고(나는 결코 사진을 찍지 않는다), 기쁜 것이든 슬픈 것이든 감정을 일깨우는 이미지라면 어떤 것이든 좋아하지 않는다. 감정이 질척거리는 건 끔찍하다. 나는 삶이 앞으로 나아가고 그에 따라 모든 게 지워지기를 바란다. 나는 이 새로운 이고르를 과거의 그와 연관짓기가 힘들었다. 달라진 외모도 그랬고 그의 매력적인 특징 가운데 어느 것 하나 찾아볼 수 없다는 점에서도 그랬다. 하지만 나는 그의 이름을 품은 한 시절만큼은 떠올릴 수 있었다. 이고르 로랭과 어울려 지낼 때 나는 스물여섯 살이었고 그는 나보다 조금 많았다. 나는 당시 이미 라울과 결혼한 상태였고 예금보험공사에서 비서로 일하고 있었다. 이고르는 의학 공부 중이었다. 당시 라울은 매일 밤 카페에서 카드 게임을 하며 보냈다. 요르고라는 동료 하나가 이고르를 클리시 광장에 있는 다르시 카페로 데려왔다. 나는 거의 매일 저녁 그곳에 갔지만 일찍 돌아와 잤다. 어느 날 이고르가 나를 바래다주겠다고 제안했다. 그는 푸른색 2CV를 가지고 있었는데, 라디에이터의 그릴이 찌부러져서 시동을 걸려면 보닛을 열고 크랭크를 돌려야 했다. 이고르는 키가 크고 몸집이 여윈 편이었다. 그는 브리지 게임과 정신의학 사이에서 망설이고 있었다. 무엇보다도 그는 괴짜였다. 그에게 저항하기는 힘들었다. 어느 날 저녁 빨간 신호등에서 차가 멈추었을 때 그는 내게로 몸을 숙이고 말했다. 가엾은 엘렌, 당신은 완전히 방치되어 있어. 그러고는 나를 껴안았다. 그건 사실이 아니었다. 나는 방치되어 있다고 느끼지 않았다. 하지만 내가 그런지 어떤지를 충분히 자문해보기도 전에 나는 이미 그의 품에 있었다. 저녁식사 전이었으므로 그는 나를 생클루 문[門] 근처에 있는 작은 주점으로 데리고 갔다. 나는 당장에 내가 상대하고 있는 사람이 어떤 사람인지 알 수 있었다. 그는 깍지강낭콩을 곁들인 치킨 2인분을 주문했는데, 음식이 나오자 맛을 보고 말했다. 이런, 소금을 넣어. 내가 말했다. 아냐, 내겐 간이 맞아. 그가 말했다. 천만에. 이건 좀 싱거워. 소금을 좀 넣어. 내가 말했다. 괜찮다니까, 이고르. 그가 말했다. 소금을 넣으라고 내가 말하잖아. 그래서 나는 소금을 넣었다. 이고르 로랭은 나처럼 프랑스 북부 출신으로 고향은 베튄이었다. 그의 아버지는 하천운송회사에서 일했다. 우리집 분위기는 무거웠다. 그의 집 분위기는 더 그랬다. 우리 지방에서는 면전에 물건을 집어던지거나 얼굴을 때리지 않았을 때에도 걸핏하면 따귀를 맞았다. 나는 이런 버릇 때문에 오랫동안 사사건건 어려움을 겪었다. 나는 동료를 때리고 남자 친구를 때렸다. 우리가 사귀던 초기에 나는 라울을 때렸는데, 그는 배꼽이 빠지도록 웃어댔을 뿐이다. 그가 내 말을 듣지 않을 때 나는 달리 어떻게 해야 좋을지 알 수 없었다. 나는 그를 때렸다. 그는 성경에서 말하는 이집트의 재앙이라도 만난 것처럼 과장되게 허리를 꺾고 웃으면서 한 손으로 내 두 손목을 움켜쥐었다. 하지만 나는 아들 다미앵은 한 번도 때린 적이 없다. 내게 아들이 생겼을 때 나는 더 이상은 아무도 때리지 않게 되었다. 클리시 광장에서 방브 문[^1]까지 가는 그 95번 버스 안에서 나는 당시 내가 무엇 때문에 이고르 로랭에게 끌렸는지 떠올렸다. 그건 사랑이나 무슨 감정적인 어떤 것이라고 이름 붙일 만한 것이 아니었다. 야성이었다. 그가 내게 몸을 굽히며 물었다. 나 알아보겠어? 내가 대답했다. 그렇기도 하고 아니기도 하고. 그가 미소를 지었다. 나는 지난날 그에게 분명하게 대답할 수 없었던 일을 기억해냈다. 당신 이름 지금도 엘렌 바르네슈인가? 그래. 여전히 당신이 라울 바르네슈의 아내라는 거군? 그래. 나는 좀더 길게 대답하고 싶었지만 그에게 반말로 길게 말할 수 없었다. 그는 희끗거리는 긴 머리를 기묘한 방식으로 뒤로 넘기고 포동포동한 목을 하고 있었다. 그의 눈빛에서 나는 지난날 나를 갈망하던 어두운 광기의 씨앗을 다시 발견할 수 있었다. 나는 머릿속으로 내 모습을 떠올려보았다. 내 헤어스타일, 원피스와 카디건, 두 손을. 그는 다시 몸을 앞으로 기울이고 물었다. 당신 행복해? 내가 대답했다. 그래. 그러고는 생각했다. 웬 배짱으로 이런 걸 묻는담. 그는 고개를 젓고는 조금 서글픈 태도를 취했다. 당신이 행복하다니, 그거 참 잘됐군. 나는 그를 때려주고 싶었다. 30년간 유지했던 평온한 기분이 10초 만에 휩쓸려 가버렸다. 내가 물었다. 당신은 어때, 이고르? 그가 등받이에 등을 붙이며 대답했다. 난 아냐. 당신 지금 정신과 의사로 일하고 있어? 정신과 의사이자 정신분석의지. 나는 그 미묘한 차이를 모른다는 것을 알리기 위해 입을 삐죽 내밀었다. 그는 그런 건 중요하지 않다는 듯한 몸짓을 해 보였다. 그가 물었다. 지금 어디 가? 나는 그 세 단어를 듣고 소스라치게 놀랐다. 마치 어제 만났던 것처럼 "지금 어디 가?"라니? 삶이 쳇바퀴처럼 맴돌았을 뿐 다른 일이 전혀 일어나지 않은 것처럼 그 옛날과 똑같은 어조로. 그 '지금 어디 가'가 나를 관통했다. 나는 혼란스러운 감정이 솟구치는 것을 느꼈다. 내 안에는 누군가 나를 제압해주기를 바라지만 그 욕망이 충족되지 않는 그런 부분이 있다. 라울은 한 번도 나를 붙잡아준 적이 없었다. 남편 '룰리'는 언제나 게임을 하고 즐길 궁리만 했다. 자기 아내를 돌봐야겠다는 생각 같은 건 그의 머릿속에 없었다. 이고르 로랭은 나를 꽁꽁 묶고 싶어했다. 그는 내가 어디를 가는지, 내가 무엇을 하는지, 내가 누구와 있는지 자세히 알고 싶어했다. 그는 말했다. 당신은 내 거야. 나는 아니라고 대답했다. 그는 당신이 내 거라고 말해라고 말했다. 아냐. 그러면 그는 내 목을 잡고 힘껏 졸랐다. 내가 이렇게 말할 때까지. 난 당신 거야. 어떤 때는 나를 때리기도 했다. 나는 그 말을 반복해야 했다. 왜냐하면 그의 귀에 그 말이 들리지 않았던 것이다. 나는 몸을 뒤틀고 저항했지만 그는 항상 나를 제압했다. 결국 우리는 침대에서 서로를 위로하는 것으로 끝맺었다. 그런 다음 나는 그의 집에서 서둘러 빠져나왔다. 그는 엑셀망 대로에 있는 아주 작은 지붕 밑 다락방에 살고 있었다. 나는 층계를 서둘러 달려 내려왔다. 그가 난간 너머에서 소리를 질렀다. 당신이 내 거라고 말해. 나는 급히 계단을 내려오면서 말했다. 아냐, 아냐, 아냐. 그는 나를 붙잡아 벽이나 승강기의 철창에 밀어붙였다(때때로 이웃 사람들이 지나가기도 했다). 지금 어디 가, 이 못된 계집애야. 네가 내 거라는 거 알지. 우리는 층계에서 다시 사랑을 나누었다. 여자는 지배당하기를 원한다. 여자는 예속되기를 원한다. 그걸 모든 사람에게 설명할 수는 없다. 나는 그 버스에서 내 앞에 있는 남자를 내가 알던 그 사람으로 복원하려 해보았다. 잘생기긴 했지만 늙고 지쳐 보이는 그 남자를. 겉모습은 낯설었다. 하지만 눈빛은 그대로였다. 목소리도 그랬다. 지금 어디 가? 파스퇴르 역에 가. 파스퇴르 역에 무슨 볼 일이 있는데? 좀 지나친 질문 아냐? 아이들도 있나? 아들이 하나 있어. 몇 살인데? 스물두 살. 당신은, 당신은 아이들이 있어? 내가 물었다. 이름이 뭔데? 이고르가 내 말에는 대답하지 않고 다시 물었다. 내 아들? 다미앵이야. 당신은, 아이들이 있느냐고? 이고르 로랭은 고개를 저었다. 그는 차창을 통해 1인용 히터 광고를 바라

행복해서 행복한 사람들

보았다. 그가 아이를 가질 수 있었을까? 물론이다. 누구든 아이를 가질 수 있다. 나는 그가 어떤 여자와 아이를 가졌는지 알고 싶었다. 나는 그에게 결혼했느냐고 묻고 싶었지만 그러지 않았다. 내가 그 질문을 자제한 것은 그를 위해서, 그리고 나를 위해서였다. 거의 노인이 된 두 사람이 파리에서 각자의 삶을 이어가고 있는 것이다. 그의 옆에는 가죽으로 된 낡은 서류 가방 같은 게 놓여 있었다. 손잡이의 빛깔이 바래져 있었다. 내 눈에 그는 혼자 지내는 사람처럼 보였다. 그의 태도와 옷매무새가 그러했다. 아무도 관심을 가져주는 사람이 없다면 그게 드러나기 마련이다. 그에게 누군가가 있을지는 모르지만 그에게 신경을 써주지는 않는 듯했다. 나는 남편 룰리의 몸치장을 해준다. 그는 내가 자신을 귀찮게 한다고 여길 수도 있다. 나는 그의 옷을 고르고 그의 눈썹을 염색해준다. 술이나 염분이 너무 높은 잡탕 음식은 못 먹게 한다. 그런 식으로 보면 나도 혼자다. 라울은 부드럽고 친절하지만(우리가 브리지 게임에서 한 조가 될 때는 예외다. 그럴 때면 그는 완전히 사람이 달라진다) 나는 그가 나와 함께 있는 걸 지루해한다는 걸 안다. 그는 자기 동료들과 함께 있을 때 행복해한다. 그는 현실 너머, 모든 이의 잡다한 일상 너머의 삶을 만들어냈다. 내 친구 샹탈은 라울이 정치인들을 닮았다고 한다. 어떤 장소에 있지만 정신은 항상 딴 데 가 있는 사람들 말이다. 다미앵이 집을 떠났다. 나는 그 애가 집을 떠나 있는 걸 받아들이지 않을 수 없었다. 그 애의 방을 정리하면서 나는 지난날 각 시기의 자취를 다시 발견했다. 어느 날 저녁에는 그 애의 침대 위에 앉아 색칠한 밤톨이 가득 들어 있는 상자를 열면서 울었다. 아이들은 자라면 제 갈 길을 가버린다. 그래야 하고 그게 정상이다. 이고르 로랭이 말했다. 난 여기서 내려. 나와 함께 가자. 나는 역 이름을 바라보았다. 렌생플라시드였다. 내가 말했다. 난 파스퇴르독퇴르루에서 내리는걸. 그는 그 역 이름이 도저히 생각할 수 없는 이름이라는 듯 어깨를 으쓱해 보였다. 그가 자리에서 일어났다. 그가 말했다. 가자, 엘렌. '가자, 엘렌.' 그가 손을 내밀었다. 나는 생각했다. 이 사람 정말 제정신 아니군. 나는 또 생각했다. 하지만 우린 아직 살아 있어. 나는 그의 손 위에 내 손을 올려놓았다. 그는 승객을 헤치며 나를 출구 쪽으로 이끌었다. 우리는 버스에서 내렸다. 날씨가 좋았다. 인도 위는 여기저기 공사 중이었다. 우리는 미로처럼 얽혀 있는 시멘트 블록과 패널 사이를 요리조리 빠져나와 렌 가를 가로질렀다. 양방향으로 걷는 사람들이 서로 부딪쳤다. 주위가 온통 요란했다. 이고르가 내 손을 힘주어 잡았다. 우리는 라스파유 대로에 이르렀다. 나는 나를 놓아주지 않는 그가 한없이 고마웠다. 햇빛에 눈이 부셨다. 나는 길 중앙에 줄지어 있는 나무들을,

행복해서 행복한 사람들

청색과 녹색으로 칠해진 무쇠 울타리 속의 우람한 식물들을 마치 처음 보는 것처럼 바라보았다. 나는 우리가 어디로 가는 건지 전혀 알지 못했다. 그는 알고 있을까? 어느 날 이고르 로랭이 내게 말했다. 인간사회 속에 나를 내려보낸 건 실수야. 신은 나를 사바나 속에 내려놓고 호랑이로 만들었어야 했어. 그랬다면 나는 구획 같은 거 없는 내 영역을 지배했을 텐데. 우리는 당페르 역 쪽으로 걸어 올라갔다. 그가 내게 말했다. 당신은 여전히 작군. 그도 예전처럼 컸다. 다만 몸은 좀 불은 것 같았다. 그와 보조를 맞추기 위해 나는 거의 달음질을 쳐야 했다.

자네트 블로

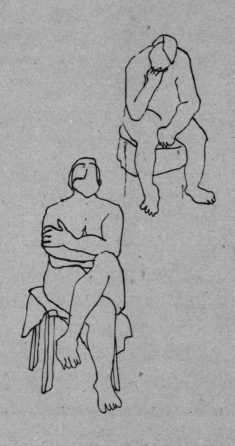

내 모습은 흉하고 흉하고 흉하다. 탈의실 밖으로 나가 시누이 마르그리트에게 옷 입은 모습을 보여주고 싶지조차 않다. 내겐 어떤 옷도 어울리지 않는다. 더 이상은 내게 맞는 사이즈가 없다. 가슴팍이 넓게 벌어졌다. 쇄골을 드러낼 수 없다. 과거에는 가능했지만 이제는 불가능하다. 시누이 마르그리트는 현실주의자가 아니다. 게다가 그녀 자신은 목에 띠 목걸이나 미니스카프 외에 다른 걸 해본 적이 없지 않은가. 무슨 심사인지 모르겠지만 딸아이와 시누이가 내 옷 입는 방식을 바꾸어보려고 생각한 모양이다. 며칠 전 저녁 내 칠순 생일을 축하하는 식사가 끝나자 오딜이 말했다. 엄마, 엄마는 옷을 입는 게 아니라 천을 두르고 계세요. 그래서 어쨌다는 건데? 누가 날 쳐다보기나 한다니? 네 아버지가 날 보지 않는다는 건 분명하잖니. 네 아버지는 내가 몸을 갖고 있다는 것조차 더 이상 알지 못할걸. 그 다음 날 오딜은 내게 전화를 걸어와 프랑크에피스 앞을 지나다가 단 끝이 오렌지색인 밤색 원피스를 봤다고 말했다. 엄마한테 멋지게 어울릴 거야, 엄마. 그 애가 말했다. 쇼윈도의 마네킹에게는 사실 잘 어울렸다. 그 옷을 입은 마네킹은 맵시 있어 보였다. 언니한테 어울려요? 커튼 너머에서 시누이가 묻는다. 아뇨, 아뇨, 전혀 어울리지 않아요! 어디 좀 보여줘요. 싫어요, 싫어요. 그럴 필요조차 없어요! 나는 원피스를 벗으려 애쓴다. 잠금 지퍼에 옷자락이 낀 모양이다. 이러다간 옷을 완진히 찢을 것 같다. 나는 숨 막히는 지하 묘지 같은 탈의실에서 나온다. 이 옷 좀 벗게 날 좀 도와줘요, 마르그리트 아가씨! 어디 좀 보여 줘요. 아주 잘 어울리는데요! 어디가 마음에 안 드는데요? 마음에 드는 데가 하나도 없어요. 전부 다 끔찍해요. 지퍼 열고 있어요? 그럼 그 셔츠는요? 난 너무 여성스러운 옷이 싫어요. 저건 그렇지 않은데요. 아니, 맞아요. 어째서 그렇게 신경을 곤두세워요, 언니? 아가씨와 오딜이 나한테 생뚱맞은 짓을 시키니까요. 이 쇼핑은 정말 고역이에요. 잠금 지퍼가 원피스 자락에 걸려버리다니요. 그렇게 팔다리를 버둥대지 말아요. 내 눈에서 눈물이 나기 시작한다. 단숨에 눈물이 솟구친다. 마르그리트가 내 등 뒤에서 지퍼를 풀려고 애쓰고 있다. 내가 운다는 걸 그녀가 알게 하고 싶지 않다. 이렇게 우스꽝스러울 데가. 수많은 세월 동안 그 모든 눈물을 삼키고 살아와놓고 이제 프랑크에피스의 탈의실에서 이유 없이 울다니. 언니 괜찮아요? 시누이가 묻는다. 그녀는 귀가 예민하다. 그런 그녀가 신경에 거슬린다. 그녀는 뭐든지 놓치는 법이 없다. 결국 나는 둔해서 아무것도 눈치채지 못하는 사람들을 더 좋아하기에 이르렀다. 사람은 혼자 사는 법을 배운다. 자기 일은 자기가 알아서 할 수 있다. 자신에 대해 설명할 필요는 없다. 마르그리트가 말한다. 움직이지 말아

행복해서 행복한 사람들

요, 거의 다 됐어요. 질베르 세스브롱의 책에서 고해성사를 해주는 사제에게 이렇게 묻는 여자가 나왔던 것 같다. 슬픔에 못이긴 채 넘어가야 하나요, 아니면 그 슬픔과 싸우고 견뎌야 하나요? 사제가 대답했다. 울음을 참는 건 그 무엇에도 도움이 안된다고. 슬픔은 어딘가에 자리를 잡고 남아 있노라고. 이제 됐어요. 마르그리트가 기운차게 말한다. 나는 옷을 벗기 위해 다시 탈의실로 들어간다. 나는 입었던 옷으로 갈아입고 얼굴을 정돈하려 애쓴다. 원피스가 옷걸이에서 미끄러져 떨어진다. 나는 그것을 주워 의자 위에 걸레처럼 올려놓는다. 거리로 나와 나는 나를 다시 멋쟁이로 만들겠다는 계획을 단념하라고 시누이를 설득한다. 쇼윈도가 나올 때마다 마르그리트는 그 앞에서 걸음을 멈춘다. 기성복, 구두, 가죽제품, 심지어는 가정용 리넨 상점 앞에서까지. 그녀가 살고 있는 곳이 파리가 아니라 딱하게도 루앙이라는 말을 해두어야겠다. 그녀는 내 의욕을 다시 불러일으키려 애쓴다. 하지만 상점 안으로 들어가 가방을 만져보고 옷을 입어보고 싶어하는 건 바로 그녀 자신임이 분명하다. 내가 그녀에게 말한다. 저건 아가씨에게 잘 어울릴 것 같아요. 들어가봐요. 그녀가 대답한다. 오, 아니, 아니에요. 전 이미 불필요한 걸 너무 많이 갖고 있어요. 이제 그것들을 어찌해야 좋을지 모르겠어요. 내가 고집을 부린다. 저 귀여운 윗옷 괜찮네요. 여기저기

맞춰서 입을 수 있을 거예요. 마르그리트가 고개를 내젓는다. 나는 그게 마음에도 없는 사양일까 봐 걱정스럽다. 그 사실, 그러니까 두 여자가 아무것도 살 마음이 없으면서 옷가게들이 늘어선 거리를 걷고 있다는 것이 딱하게 여겨진다. 나는 마르그리트에게 평생의 남자가 있는지(이건 좀 표현이 우습다. 평생의 남자를 갖는다는 게 무슨 뜻일까? 서류상으로 내겐 평생의 남자가 있었으나 실제로는 없었잖은가) 차마 물어볼 수 없다. 어떤 여자에게 평생의 남자가 있다면 그녀는 멍청한 주제에 대해 스스로에게 묻게 된다. 립스틱을 바를까, 어떤 모양의 브래지어를 할까, 머리카락 색깔은 등의 질문 말이다. 그런 것들이 그 여자의 시간을 차지한다. 그건 즐거운 일이다. 마르그리트는 이런 종류의 관심을 가지고 있는 것 같다. 나는 그녀에게 그 질문을 할 수도 있지만 그 대답을 듣고 괴로울까 봐 겁이 난다. 나는 외모에 대한 욕구를 포기한 지 오랜 세월이 흘렀다. 자신의 커리어가 정점에 달했을 때 남편 에른스트는 내 외모를 점검했다. 그건 배려나 관심에서가 결코 아니었다. 당시 우리는 자주 외출을 했다. 나는 공식적인 의례의 한 요소였다. 저번 날 나는 손자 시몽을 데리고 이탈리아 르네상스 그림을 보러 루브르박물관에 갔다. 그 애는 내 삶의 빛 같은 존재다. 열두 살이 된 그 애는 미술에 관심이 많다. 나는 짙은 빛깔의 옷을 입고 벽을 무너뜨리는 사람들, 구부정한 자세로 어디론가를 향해 걷고 있는 고대의 잔인하고 사악한 존재들 같은 그림 속 인물들을 보면서 생각했다. 이 사악한 영혼들은 어떻게 되었을까? 이들은 아무 처벌도 받지 않고 모든 책으로부터 사라진 걸까? 나는 에른스트를 생각했다. 내 남편, 에른스트 블로는 그 저녁의 그림자들과 똑같다고. 음흉하고 거짓되고 가혹하다고. 그 남자에게서 사랑받고 싶어하다니, 내 머리가 어떻게 된 것이 틀림없다. 여자들은 끔찍한 사내들에게 유혹당한다. 왜냐하면 끔찍한 남자들이 무도회에서처럼 가면을 쓰고 나타나니까. 그들은 축제 의상을 입고 만돌린을 들고 다가온다. 과거에 나는 예뻤다. 에른스트는 소유욕이 강했고 나는 사랑 자체에 집착했다. 나는 48년의 세월을 헛되이 보냈다. 매일 해가 뜨고 지듯 우리는 모든 게 반복된다는 환상 속에 산다. 같은 행위를 반복한다고 여기며 일어나고 자리에 눕지만 그건 거짓이다. 마르그리트는 자기 오빠 에른스트와는 다르다. 그녀는 마음이 따뜻하고 부끄러움을 안다. 그녀가 말한다. 언니, 지금도 운전을 해보고 싶어요? 내가 대답한다. 아가씨 생각에 내가 그래도 될 것 같아요? 정신 나간 생각이라고 여기지 않아요? 우리는 소리내서 웃기 시작한다. 금세 흥분에 휩싸인다. 내가 핸들을 잡아본 건 30년 전이에요. 마르그리트가 말한다. 불로뉴 숲으로 가서 사람이 별로 없는 장소를 찾아보기로 해요. 좋아요, 좋다고요. 우리는 자동차 있는 곳으로 간다. 마르그리트는 자신이 차를 어디에 주차했는지 잊어버렸고 나는 자동차라는 게 뭔지조차 잊어버렸다. 실전에 들어가기 전에 나는 마르그리트에게 내가 그런 상태라는 걸 두세 차례 알린다. 그녀가 시동을 걸고 차를 출발시킨다. 나는 그녀의 동작을 관찰한다. 그녀가 묻는다. 운전면허증 갖고 있어요? 예. 이게 아직도 유효할까요? 요즘은 이런 종류의 면허증이 아니잖아요. 마르그리트가 힐긋 쳐다보고 말한다. 내 것과 똑같은데요. 아가씨 차는 차종이 뭐예요? 푀조 207 오토매틱이에요! 오토매틱이라고요! 난 오토매틱을 운전할 줄 몰라요! 아주 쉬워요. 클러치가 있는 것보다 훨씬 쉬워요. 할 게 아무것도 없어요. 오, 이런 이런. 오토매틱이라니! 마르그리트가 말한다. 오딜에게는 제가 운전을 가르쳤다는 말 하지 말아요. 약속해요. 알았죠? 난 조카한테 꾸중 듣고 싶진 않아요. 아무 말도 안 할게요. 그 애가 그런 식으로 나를 과잉보호하는 게 나도 신경에 거슬려요. 난 아이가 아니잖아요. 우리는 한적한 구석을 찾아 숲 속을 돌아다닌다. 마침내 폭이 5미터 정도 되는 하얀 울타리가 쳐진 오솔길을 찾아낸다. 마르그리트가 차를 세운다. 그녀가 시동을 끈다. 우리는 차에서 내려 자리를 바꾼다. 우리는 쿡쿡거리고 웃는다. 내가 말한다. 이제 다음에 뭘 해야 할지 모르겠어요, 아가씨. 마

행복해서 행복한 사람들

르그리트가 말한다. 페달이 두 개 있어요. 브레이크와 액셀러레이터예요. 둘 다 한쪽 발로 사용해요. 왼쪽 발로는 아무것도 하지 않아도 돼요. 시동을 걸어요. 내가 시동을 건다. 엔진이 소리를 내며 돌아간다. 나는 그렇게 쉽게 시동을 걸었다는 사실에 흥분해 마르그리트 쪽으로 몸을 돌린다. 잘했어요. 마르그리트가 평소의 선생 억양으로 말한다(그녀는 에스파냐어 교사다). 언니가 시동을 걸 수 있었던 건 기어가 P, 다시 말해 파킹에 있었기 때문이에요. 안전벨트를 매요. 내가 정말 운전해도 될까요? 예, 그럼요. 마르그리트가 몸을 앞으로 숙이고 내 옷 속에 파묻혀 있던 안전벨트를 찾아 매준다. 내가 말한다. 결박이라도 당한 것 같네요. 익숙해질 거예요. 이제 기어를 D, 다시 말해 드라이브에 놓아요. 운행 위치예요. 오른쪽 발을 어디 뒀어요? 그냥 바닥에 내려놨어요. 브레이크를 밟아요. 왜요? 기어가 드라이브에 있을 때 브레이크를 밟지 않으면 차가 저절로 앞으로 나가거든요. 정말요? 예. 알았어요. 기어를 드라이브에 둬요. 나는 심호흡을 하고 기어를 드라이브에 놓는다. 아무 일도 일어나지 않는다. 마르그리트가 말한다. 브레이크에서 천천히 발을 떼요. 자, 이제 완전히 발을 떼요. 나는 완전히 발을 뗀다. 나는 극도로 긴장해 있다. 자동차가 앞으로 나간다. 내가 말한다. 차가 앞으로 나가네요! 이제 발을 액셀러레이터에 올려요. 그게 어디 있는데요? 브레이크 바로 옆에 있어요. 바로 옆이오. 나는 발로 더듬는다. 페달이 걸린다. 나는 페달을 밟는다. 자동차가 급정거를 하면서 몸이 앞으로 고꾸라질 뻔한다. 안전벨트가 내 가슴을 압박한다. 무슨 일이 일어난 거예요? 언니가 브레이크를 밟았어요. 마르그리트가 말한다. 차가 급정거한 거죠. 다시 시작해요. 기어를 파킹에 두고요. 시동. 잘했어요. 이제 기어를 N에 놓아요. N이 뭐예요? 중립이에요. 아, 중립! 예, 예. 다시 시작해요. 브레이크, 기어 드라이브. 왼쪽 발은 편안히 둬요. 아무것도 하지 않아도 돼요. 난 오토매틱을 운전할 줄 몰라요! 할 줄 알게 될 거예요. 자, 봐요. 기어를 드라이브에 놓고 브레이크에서 발을 떼요. 잘했어요. 이제 조심스럽게 발을 액셀러레이터 페달로 옮겨서 밟아요. 나는 집중한다. 자동차가 앞으로 나간다. 나는 숨을 참는다. 울타리까지는 아직 멀다. 하지만 나는 그저 나가기만 할 뿐 멈추는 방법을 모른다. 나는 겁에 질린다. 속도를 어떻게 줄이죠? 어떻게 해야 차가 멈추죠? 브레이크를 밟아요. 지금 기어가… 기어가… 어디라고 했죠? 맞아요, 지금 기어는 운행 위치에 있어요. 차가 멈추면 N에 두는 거예요. N이에요, R가 아니라고요! R는 후진이에요. 왼발은 사용하지 말아요! 언니는 지금 두 개의 페달을 동시에 밟고 있어요, 자네트! 이상한 소리와 더불어 차가 간신히 멈춘다. 나는 온몸이 땀투성이다. 내가 말한다. 아가씨가 학생들에게는 좀더 참을성을 가져주기를 바라요. 제 학생들은 훨씬 재빠르다고요. 내게 운전을 다시 해보라고 권한 건 아가씨잖아요. 언니는 아파트 안에서 남의 도움만 목 빠지게 기다리고 있잖아요. 언니한테는 독립성이 필요해요. 다시 시동을 걸어요. 기어를 P에 두고요. 오른쪽 발로 뭘 하죠? 모르겠어요. 오른쪽 발을 액셀러레이터에 올려만 놓고 밟지는 말아요. 됐어요. 기어를 D에 놓아요. 가요. 부드럽게 가속해요. 시누이의 지시가 머릿속 어딘가로 빠져나간다. 나는 그녀의 지시에 기계적으로 대답한다. 한 줄기 슬픔이 목구멍으로 치밀어 오른다. 나는 슬픔을 쫓으려 애쓴다. 차가 앞으로 나간다. 어디로 가는 거예요? 마르그리트가 묻는다. 모르겠어요. 울타리를 향해 곧장 가요. 예. 풀숲에 닿기 전에 돌면 돼요. 저 나무를 돌아서 왔던 길을 돌아오는 거예요. 그녀가 나에게 어딘가를 가리켜 보이지만 내 눈엔 보이지 않는다. 왜냐하면 나는 정면에서 눈을 뗄 수 없기 때문이다. 속도를 줄여요, 속도를 줄이라고요. 마르그리트가 외친다. 그녀의 말이 스트레스를 불러일으킨다. 이제 나는 어떻게 속도를 줄여야 할지 알 수 없다. 두 팔은 철도 선로처럼 핸들을 꽉 붙들고 있다. 돌아요. 돌라고요, 자네트! 마르그리트가 소리친다. 나는 더 이상 거기가 어딘지 알 수 없다. 마르그리트가 핸들을 움켜쥔다. 울타리가 코앞에 있다. 핸들 좀 놔요, 자네트! 페달에서 발을 떼요! 그녀가 핸드 브레이크를 당기고 기어 위치를 바꾼다. 자동차가 펄쩍 튕겨 오르며 하얀 울타리에 부딪치는가 싶더니 긁히는 소리가 난다. 이윽고 차가 멈춘다. 마르그리트는 한 마디도 하지 않는다. 나는 갑자기 눈물이 솟구쳐 시야가 흐려진다. 마르그리트가 차에서 내린다. 그녀는 차 뒤를 돌아 앞으로 가서 차가 얼마나 긁혔는지 살펴본다. 그녀가 운전석 문을 연다. 그녀가 부드러운 목소리로(그게 최악이다) 말한다. 내려요, 차를 뒤로 빼야겠어요. 그녀가 나를 도와 안전벨트를 푼다. 그녀는 내가 앉았던 운전석에 앉아 207을 조금 후진시켜 울타리에서 떼어놓는다. 그녀가 다시 밖으로 나간다. 왼쪽 앞부분이 약간 우그러졌고, 헤드라이트 하나가 나갔으며, 왼쪽 옆판 전체가 긁혔다고 한다. 내가 중얼거린다. 정말 미안해요. 마르그리트가 말한다. 언니가 차를 아주 볼 만하게 만들어놨어요, 참. 미안해요, 아가씨. 수리비용은 부담할게요. 그녀가 나를 바라본다. 언니, 이것 때문에 울려는 건 아니죠? 언니, 그러면 정말 어리석은 거예요. 차가 좀 우그러진 게 뭐 대수겠어요. 내가 살면서 얼마나 많은 자잘한 사고를 냈는지 언니가 알면 놀랄 거예요. 언젠가는 학교 앞에서 5학년 학생을 칠 뻔했어요. 내가 말한다. 날 용서해요, 용서해줘요. 내가 오늘 하루를 온통 망쳐버렸어요. 자, 다시 차에 타요.

마르그리트가 말한다. 바가텔에 가서 아이스크림이나 먹죠. 벌써 몇 달 전부터 바가텔에 들르고 싶었어요. 우리는 원래의 자리에 탄다. 별 문제 없이 시동이 걸린다. 그녀가 아주 능숙하게 풀숲 속으로 후진한다. 그 모습을 보자 나는 마음이 아프다. 나는 고약한 날씨를 좋아하는 사람들을 이해한다. 날씨가 나쁘면 꽃이 핀 공원을 보러 가고 싶은 생각 같은 건 들지 않으니까. 기운 차려요, 자네트 언니. 마르그리트가 말한다. 저 울타리가 우리를 도왔다는 걸 고백해야겠네요. 사실 난 처음부터 언니가 울타리로 돌진할 줄 알고 있었어요. 나는 억지로 미소를 지어 보인다. 내가 말한다. 이 이야기 오빠한테는 절대 하면 안 돼요. 아, 아, 입 꽉 다물게요. 마르그리트가 웃는다. 나는 정말 마르그리트가 좋다. 그녀의 오빠가 아니라 그녀와 결혼했으면 훨씬 좋았을 텐데. 내 핸드백 속에서 휴대전화가 울린다. 오딜이 내 휴대전화에 요란한 벨소리를 저장해놓았다. 내 귀가 잘 안들린다고 생각하는 모양이다. 딸 오딜과 남편 에른스트, 그리고 사위 로베르 외에 이 휴대전화로 전화하는 사람이 없다. 엄마? 그래, 왜? 어디세요? 불로뉴 숲이야. 좋아요. 불안해하지 말고 들으세요. 아빠가 '트루아지엠 세르클' 동료들과 점심식사를 하다가 기절하셨어요. 식당에서 구급차를 불렀어요. 아빠는 라피티에병원으로 이송되셨어요. 기절했다고? … 지금도 마르그리트

고모랑 함께 계세요? 그래⋯. 뭐 예쁜 것 좀 사셨어요? 내가 묻는다. 왜 기절한 건데? 넌 지금 어디니, 오딜? 오딜의 목소리가 조금 울리면서 먹먹해진다. 라피티에살페트리에르병원이에요. 이식된 혈관이 막히지 않았는지 확인하기 위해 심장동맥 사진을 찍을 거예요. 뭘 알기 위해서라고? 뭘 할 거라고? 지금 검사를 기다리고 있어요. 너무 걱정하지 마세요. 이제 말해주세요, 프랑크에피스에서 그 원피스 입어보셨어요, 엄마?

로베르 토스카노

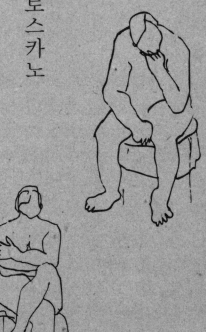

원형경기장이라고 불리는 브뤼앙 가에 있는 영안실을 나와 운구자들이 장인 에른스트의 관을 차에 밀어 넣는 순간, 장모 자네트는 갑자기 이해할 수 없는 공포에 사로잡힌 모양이다. 장모는 리무진 장의차에 타기를 거부한다. 원래 장모는 그 의식의 사회자를 자임하는 장의사 직원, 처고모 마르그리트와 함께 장의차량에 타기로 되어 있었고 오딜과 어머니, 나는 폴크스바겐을 타고 페르라세즈 묘지까지 그 차를 따라가기로 되어 있었다. 평소에 신지 않던 하이힐을 신은 장모는 도살장에 끌려가는 짐승처럼 벽까지 뒷걸음질을 친다(하마터면 부딪혀 넘어질 뻔한다). 눈부신 햇빛을 받으며 등을 돌 벽에 붙인 채 정신 나간 듯 손으로 허공을 휘저으며 그 메르세데스 밴에 타지 않겠으니 자기를 빼고 출발하라고 이른다. 이미 그 차의 뒷좌석에 앉아 있는 처고모 마르그리트가 깜짝 놀라 쳐다보는 가운데. 엄마, 엄마. 아빠가 탄 차에 타고 싶지 않으면 나랑 함께 가요. 오딜이 말한다. 로베르와 제 시어머니와 함께 타시면 돼요. 오딜이 부드럽게 장모의 팔을 잡아 폴크스바겐 쪽으로 이끈다. 차 앞좌석에는 더위에 기진맥진한(여름이 성큼 와버렸다) 내 모친이 기다린다. 장의사 직원이 서둘러 달려가 자동차 뒷문을 연다. 하지만 장모는 뭐라 중얼거리며 그 자리에 서 있다. 앞좌석에 타고 싶다는 것이다. 오딜이 나직이 말한다. 엄마, 제발 이러지 마세요, 중요한 거 아니잖아요. 난 에른스트를 따라가고 싶다. 저 안에 있는 건 내 남편이란 말이다! 그럼 저와 함께 여기 남으실래요, 엄마? 마르그리트 고모 혼자 관을 따라가도 괜찮아요. 오딜이 내게 의미심장한 눈길을 던지며 말한다. 당신 모친께 자리 좀 바꿔달라고 해. 물론 나는 적절한 반응을 취할 수 없다. 왜냐하면 내가 어떻게 해보기도 전에 오딜이 이미 자동차 안으로 고개를 들이밀고 이렇게 말한 것이다. 어머니, 죄송하지만 뒷좌석으로 좀 옮겨 앉아주시겠어요? 제 어머니가 장의차에 타시는 게 고통스러우신 모양이에요. 내 모친은 모든 걸 다 안다는 표정으로 나를 바라보았다. 어머니는 말없이 안전벨트를 천천히 풀고 가방을 들고 차에서 내린다. 그 동작이 자신의 관절에 무척 무리가 된다는 걸 강조하면서. 고맙습니다, 어머니. 정말 친절하세요. 오딜이 말한다. 내 모친은 여전히 한 마디 말없이 조금 전처럼 무겁고 둔한 동작으로 한 손을 저으며 뒷좌석에 앉는다. 장모는 고맙다는 말 한 마디 없이 앞좌석에 탄다. 어쨌든 자신은 이제 사교계에서 은퇴한 몸이라는 표정으로. 오딜이 처고모 마르그리트, 장의사 직원과 함께 메르세데스를 탄다. 나는 운전석에 앉아 페르라세즈 묘지까지 그 차를 따라간다. 잠시 후 장모가 앞 유리에, 나아가 유리창 너머 메르세데스의 검은 관 출입구에 시선을 고정한 채 말한다. 사돈어른은 화장했나요, 사돈? 화장이라니 정말 흥미로운 단어로군요! 내 모친이 대답한다. 그게 맞는 말이랍니다. 소각은 집안 쓰레기를 태우는 데 쓰는 말이고요. 장모가 말한다. 난 그런 말을 들어본 적 없어요. 내 모친이 말한다. 제 부친은 바그너 묘지에 안장되셨어요. 내가 끼어든다. 장모는 내 말을 곰곰 생각해보다가 이윽고 뒤를 돌아보며 말한다. 사돈은 바깥사돈과 같이 묻히실 건가요? 좋은 질문이군요. 내 모친이 말했다. 내 생각만 하면 결코 그럴 생각이 없어요. 난 그 바그너 묘지가 참 싫거든요. 보러 오는 사람도 없고요. 정말 촌스러워요. 우리 앞에서 메르세데스가 지나치게 천천히 가고 있다. 그것도 의식의 일환일까? 차가 붉은 신호에서 멈춘다. 애매한 침묵이 감돈다. 덥다. 넥타이가 내 목을 조인다. 옷을 너무 두껍게 입은 것 같다. 장모가 핸드백에서 뭔가를 찾는 모양이다. 핸드백 안을 뒤적거릴 때 나는 금속이 딸각거리고 가죽이 스치는 반쯤 억눌린 그 소리를 견딜 수 없다. 게다가 장모는 한숨까지 내쉰다. 한숨을 내쉬는 사람도 나는 참을 수 없다. 뭘 찾으세요, 장모님? 잠시 후 내가 묻는다. 그 기사가 나온 〈르몽드〉 신문을 찾고 있네. 그걸 제대로 읽을 시간조차 없었거든. 나는 오른손을 장모의 핸드백 속에 넣어 접혀서 꼬깃거리는 신문지를 꺼내는 걸 돕는다. 소리내서 읽어주실 수 있어요? 장모가 안경을 끼고 음울한 목소리로 천천히 기사를 읽는다. "에른스트 블로 타계하다. 은밀하고 영향력 있는 은행가. 1939년생인 에른스트 블로가 6월 23일 밤 73세의 나이로 세상을 떠났다. 공직을 거쳐 프랑스 고등은행의 경영자가 된 인물, 유능한만큼 과묵함도 타의 추종을 불허했던 인물이 사라진 셈이다. 1965년 국립행정학교를 수석으로 졸업하고…" 수석이라, 음, 난 기억이 안 나는데…. "재무감독 분야에 진출해 1969년부터 1978년까지 여러 정부연구실에서 근무했다." …등등등 우리가 다 아는 이야기일세…. "1979년 제1차 세계대전 직후 세워졌다가 후에 잠시 폐지되기도 한 부름스테르 은행에 들어가 총재를 거쳐 1985년 총재 겸 대표가 되었다. 그는 그 은행을 프랑스 최고의 은행으로 키워나가며 라자르 프레르 사 또는 로스차일드 사를 지원했다." …등등…. "저서로 제2공화국 재무장관이었던 아실 풀드 전기(페랭출판사, 1997)가 있다. 프랑스 국가공로훈장과 레지옹 도뇌르 훈장을 받았다." …그의 아내에 대해서는 한마디도 없군. 이게 정상인가? 아실 풀드의 전기는 난 펼쳐본 적도 없어. 그 책은 아마 세 권쯤 팔렸을 거야. 이 기사를 읽고 나니 마음이 아프군. 내 모친이 말한다. 차 안이 푹푹 찌는구나. 에어컨 좀 세게 틀어주겠니, 로베르? 에어컨은 안 돼요! 장모가 소리친다. 에어컨은 안 돼요. 에어컨을 틀면 냉기가 머리로 올라와요. 나는 뒷거울을 힐긋 바라본다. 오늘 남편의 장례를 치르는 미망인의 기분을 거스르지 말자는 데 어머니가 동의한다. 모친이 고개를 젖히고 잉어처럼 입을 벌린다. 장모가 핸드백에서 투명 날개가 달린 휴대용 선풍기를 꺼낸다. 받으세요, 사돈. 시원할 거예요. 그녀가 선풍기를 작동시킨다. 선풍기에서 미친 말벌이 윙윙거리는 듯한 소리가 난다. 장모는 자기 얼굴 주위에 두 차례 돌린 다음 그것을 내 모친에게 내민다. 전 없어도 돼요. 내 모친이 헐떡이며 말한다. 써보세요, 사돈. 틀림없이 도움이 된다니까요. 고맙지만 괜찮아요. 받으세요, 엄마. 더우시잖아요. 난 정말 괜찮다. 날 좀 내버려두렴. 장모는 자기 목 이쪽저쪽에 한 차례 더 선풍기 바람을 쐰다. 어머니가 내 귀 바로 뒤에 대고 굵고 낮은 목소리로 말한다. 그 형편없는 묘지를 팔아버리지 않은 네 아버지가 난 늘 원망스럽다. 내가 죽으면 말이다, 로베르, 우리를 이장시켜주렴. 도시로 이장시켜줘. 폴레트 말이 몽파르나스 묘지의 유대인 구역에 아직 자리가 남아 있다는구나. 메르세데스가 장중한 원을 그리며 왼쪽으로 돌자 침묵하고 있는 오딜과 마르그리트의 옆얼굴이 한순간 보인다. 장모가 말한다. 난 지금 아무 감정도 느낄 수가 없어요. 장모는 어쩔 줄 몰라하는 표정이다. 축 늘어뜨린 두 팔, 무릎 위에 놓인 열린 핸드백, 힘없이 늘어진 손 안에서 윙윙거리며 돌아가는 휴대용 선풍기. 나는 뭐라 대답을 해야 한다고, 의견을 말해야 한다고 느끼지만 할 말이 떠오르지 않는다. 장인은 내 삶에서 중요한 자리를 차지했다. 그는 내 일에 관심을 가졌고(나는 기사를 신문사에 보내기 전 그에게 읽어주었다), 내게 질문을 했으며, 나와 논쟁을 했다. 내가 친아버지와 하고 싶었던 그런 방식으로 말이다(내 부친은 다사롭고 사랑이 넘치는 분이었지만 이미 성인이 된 아들의 아버지가 된다는 게 어떤 것인지 이해하지 못했다). 장인과 나는 거의 매일 아침 전화 통화를 하며 시리아와 이란 문제에 결론을 내리고 유럽의 주장과 서구의 순진함을 비판했다. 그건 장인이 좋아하는 주제였다. 유럽이 학살의 천년을 보낸 후 다른 지역에 훈수를 두는 범주로 들어섰다는 주장 말이다. 나는 실존적 통찰력을 가지고 있던 친구 하나를 잃었다. 실존적 통찰력을 가진다는 건 매우 드문 일이다. 대개의 사람들은 그걸 가지고 있지 않다. 그들에겐 그저 의견만 있을 뿐. 장인과 대화를 나누면 항상 외롭다는 느낌을 덜 수 있었다. 그가 장모에게 늘 재미있는 사람은 아니었으리라는 건 잘 안다. 어느 날(장인이 통화 관련 회의에 참석하기 위해 집에서 나설 때) 장모는 장인의 면전에다 커피잔을 내던졌다. 당신은 비열한 인간이야. 당신은 여자로서의 내 삶을 망쳐놨어. 장인은 윗옷의 커피를 닦으며 대답했다. 여자로서의 당신 삶? 여자로서의 삶이라는 게 도대체 뭔데? 내가 오딜을 만났을 때 장인이 내게 말했다. 저 애가 아주 성가신 여자라는 걸 경고해둠세. 나로 하여금 저 애로부터 벗어나게 해준데 대해 자네에게 감사하네. 그리고 나중에는 이렇게 말했다. 걱정할 거 없네, 로베르. 첫 번째 결혼은 언제나 힘든 거니까. 그래서 내가 장인에게 물었다. 장인어른은 결혼을 여러 차례 하셨다는 건가요? 물론 아닐세. 그저 사실이 그렇다는 거지. 어머니가 뒷좌석에서 입을 연다. 하고 있던 생각에서 빠져나와 어머니의 말을 알아듣는 데 잠시 시간이 걸린다. 어머니가 말한다. 시간이 좀 지나야 뭔가를 느끼게 된답니다. 죽음을 둘러싼 모든 소란이 지나가고 난 다음에야 말이에요. 장모가 대답한다. 나는 나중에도 원한만 느낄 것 같아요. 과장하시는 거예요. 내가 말한다. 장모가 고개를 흔든다. 사돈어른은 좋은 남편이셨죠, 사돈? 이런…. 어머니가 대답한다. 무슨 이야기를 하고 싶으신 거예요, 엄마? 아빠랑 행복하지 않으셨어요? 불행하진 않았다. 그랬지. 하지만 좋은 남편은 그리 흔한 게 아니란다. 우리는 말 없이 강베타 대로를 달린다. 나무들이 어른거리는 그림자를 드리운다. 장모가 다시 가방 속을 뒤지기 시작한다. 왼쪽에서 클랙슨 소리가 들린다. 내가 막 욕을 하려는 순간 바로 내 눈 높이에 위트네르 부부의 미소 띤(하지만 장례식에 실례가 될 정도는 아닌) 얼굴이 보인다. 리오넬이 운전을 하고 파스칼린이 창 쪽으로 몸을 기울여 장모에게 손짓을 하고 있다. 나는 그 차의 뒷좌석을 힐끔 바라본다. 두 사람의 아들 자코브가 뒷좌석에 앉아 있는 것을 보고 이윽고 가속 페달을 밟는다. 그 애는 목에 인도 풍 머플러 같은 것을 두르고 생각에 잠긴 표정으로 꼿꼿이 앉아 있다. 자네, 위트네르 부부에게도 알린 건가? 장모가 소리 죽여 내게 묻는다. 가까운 친구들에게는 알렸어요. 위트네르 부부는 장인어른을 무척 좋아했어요. 오, 맙소사. 이 사람들 모두에게 인사를 해야 하다니 정말 미치겠구나. 이 모든 일이 나를 미치게 만들어. 이런 사교적인 예절 말이다. 이 빌어먹을 화상 의식 때문에 해야 할 일 말이다. 화상이 아니라 화장이겠죠. 내가 정정한다. 오, 내가 알 게 뭐냐. 저 장의사 직원은 발음도 잘 안 되는 말들로 내 신경을 긁는다고! 장모는 앞좌석 위에 붙은 거울을 내려 얼굴이 괜찮은지 확인한다. 립스틱을 바르면서 장모가 말한다. 자네, 내가 누구에게 연락했는지 아나? 라울 바르네슈를 불렀다네. 그게 누군데요? 자네들 모두 모르는 일 한 가지가 있네. 오딜조차 모르지. 그 어떤 신문에도 나지 않을 이야기지. 나 혼자만 알고 있었던 일이야. 2002년 대동맥 심장동맥간 혈관이식수술을 마치고 돌아왔을 때 자네 장인은 인생을 비관하기 시작했어. 아침에도 저녁에도 유니콘 그림 아래에 놓인 소파에 파묻혀서는 재활치료를 거부하고 접시에 놓인 음식을 깨지락거리며 인생을 비관했지. 그는 자신이 끝장났다고 생각했어.

그즈음 운전기사 알베르가 카드 게임 챔피언인 자기 형을 소개해야겠다는 생각을 해냈어. 그 사람이 바로 이제 곧 만나게 될 라울 바르네슈일세. 로버트 미첨같이 잘생긴 그가 거의 매일 와서 자네 장인과 진 러미 게임을 했다네. 그들은 돈을 걸고 게임을 했어. 판돈이 점점 더 커졌지. 그게 자네 장인을 다시 살렸다네. 자네 장인이 빈털터리가 되기 전에 나는 그 일을 멈춰야 했어. 하지만 그게 자네 장인을 살렸다네. 차가 롱도 가에 있는 묘지의 영안실 쪽으로 들어간다. 메르세데스가 그 네오바실리카식 건물 앞에 멈춘다. 층계 위에, 기둥들 사이에 많은 사람이 와 있다. 나도 장모처럼 불안해진다. 오딜과 처고모는 벌써 차에서 내려 서 있다. 검은 옷을 입은 남자가 내게 왼쪽 주차장을 가리킨다. 내가 모친과 장모에게 말한다. 두 분 먼저 내리시겠어요? 두 사람 가운데 아무도 먼저 내리고 싶어하지 않는다. 나는 이해한다. 내가 차를 주차시킨다. 우리는 건물을 따라 줄지어 걷는다. 오딜이 자기 어머니에게 다가온다. 장모가 말한다. 온 사람 수가 백 명도 넘는 것 같구나. 홀의 문들이 아직 닫혀 있는데 말이다. 파올라 쉬아레스, 콩다민 부부, 위트네르 가족, 처조카들, 그리고 장인과 함께 여러 차례 병원에 다니면서 만났던 닥터 에이윤의 얼굴이 보인다. 장 에랑프리가 다리위스 아르다시르의 부축을 받으며 층계를 하나하나 오르는 것이 보인다. 다리위스가 그의 목발을 들고 있다. 조금 떨어진 수풀 옆에 장인의 운전기사 알베르가 서 있다. 그는 마피아 안경을 쓰고 있는 한 남자와 함께다. 장모가 그 남자에게 미소를 지어 보인다. 그들이 우리를 맞으러 다가온다. 알베르가 두 팔로 장모를 얼싸안는다. 그가 팔을 풀자 두 눈이 젖어 있고 표정이 경직되어 있다. 그가 말한다. 27년이에요. 장모가 그 숫자를 되뇐다. 그 27년 동안 장인의 운전사가 장모에게 얼마나 많은 것을 숨겼는지를 장모가 알고 있을지 궁금해진다. 장모가 줄무늬 벨루어 재킷을 입은 가무잡잡한 피부의 남자 쪽으로 몸을 돌리고 그에게 손을 내민다. 이렇게 와주셔서 정말 고마워요, 라울. 남자가 안경을 벗고 말한다. 초대해주셔서 감동했습니다. 정말입니다. 장모가 그의 손을 쥔 채 이따금씩 흔든다. 상대는 약간 당황해 손을 빼지 못한다. 장모가 말한다. 라울 바르네슈. 그가 장인과 진 러미 게임을 한 인물이다. 그가 로버트 미첨을 닮았다는 건 사실이다. 턱 가운데 오목한 자국, 튀어나온 눈, 반항적인 삐침머리. 장모의 얼굴이 상기되어 있다. 그가 미소를 짓는다. 구름 한 점 없는 파란 하늘 아래 화장터 광장에서 가족, 친지, 손님 모두 자신을 기다리고 있는데, 장모는 내가 전에는 들어본 적도 없는 남자에 열중해 있다. 주위에서 어떤 움직임이 느껴진다. 기둥들 사이로 홀의 문들이 열린다. 나는 종적을 감춰버린 내 모친을

행복해서 행복한 사람들

찾는다. 층계 아래쪽 위트네르 가족과 함께 있는 모친의 모습이 보인다. 오딜이 우리 쪽으로 온다. 그녀가 자코브를 따뜻하게 안는다. 얼마 만에 보는지 모르겠구나? 더 큰 것 같은데? 자코브가 퀘벡 억양으로 가냘프고 느릿하게 대답한다. 오딜, 아시다시피 나도 내 아버지를 먼저 보내드렸답니다. 물론 힘든 일이었지만, 난 마음속에 아버지의 자리를 만들었어요. 그 애는 두 손을 자기 가슴 위에 포개고 이렇게 덧붙인다. 난 아버지가 여기 나와 함께 있다는 걸 알아요. 오딜이 깜짝 놀란 눈길로 나를 바라본다. 내가 달래듯 눈을 껌뻑인다. "나중에 설명해줄게" 하는 입모양을 지어 보이면서. 나는 얼굴이 미라처럼 여윈 리오넬의 한쪽 팔을 잡고 다른 손으로는 어머니를 잡는다. 어머니가 무슨 말인가 하려고 준비하는 동안 나는 돌층계를 올라가면서 가만히 있어달라는 뜻으로 모친의 팔을 잡은 손에 힘을 준다. 말없는 가운데 홀이 사람들로 가득 찬다. 나는 어머니와 위트네르 가족을 앉히고 자리를 뜬다. 상주 역할을 하기 위해 연단으로 간다. 나는 가족들에게, 장인의 브르타뉴 친척들에게, 장인의 국립행정학교 동기로 회계 감사원 초대 회장을 지낸 앙드레 타뇌에게, 우리 신문사 그룹의 소유주(오딜은 그가 겨우 3일 기른 우스꽝스러운 턱수염을 하고 있다는 내 말에 동의한다)에게, 낯선 이들에게, 재무장관실 실장에게, 재무감찰국 국장에게, 자발적으로 자신들을 소개하는 장인의 감독부 옛 동료들에게 인사한다. 다리위스 아르다시르가 나에게 '트루아지엠 세르클'의 회장을 소개한다. 부름스테르 은행 직원들 가운데에서 오딜과 다시 마주친다. 그녀는 평소처럼 변호사 토스카노다운 헤어스타일을 하고 있다. 그녀는 꿋꿋하다. 그녀가 내 귀에 대고 속삭인다. 자코브 어떻게 된 거야?! … 나는 대답할 틈이 없다. 우리에게 첫 줄로 오라는 사회자의 지시가 떨어진 것이다. 첫 줄에 처고모 마르그리트와 그녀의 자식들, 장모가 와 있다. 참석자들이 자리에서 일어선다. 장인의 관이 중앙홀로 들어왔다. 운구자들이 영구대로 통하는 층계 아래 사각대 위에 관을 내려놓는다. 사회자가 강대講臺 앞에 자리를 잡는다. 그의 뒤 연단을 둘러싸는 이중 계단 위에는 반은 예루살렘 같고 반은 바벨 같은, 군데군데 성서에 나오는 백양목들이 있는 도시가 극도로 진부한 별이 뜬 푸른 하늘에 잠겨 있는 그림이 있다. 나는 장모가 고른 1960년대 식 랑뱅 양복을 입고 관 속에 누워 있는 장인을 떠올린다. 나도 언젠가는 저 질식할 것 같은 관 속에 완전히 혼자가 되어 누워 있을 것이다. 오딜도, 아이들도, 여기 있는 모든 이도 그럴 것이다. 직위가 있든 없든, 젊은이든 노인이든, 행복하든 불행하든 산 자의 대열에 서 있는 이들은 모두 그렇게 될 것이다. 모두가 완전히 혼자가 될 것이다. 장인은 그 양복을 여러 해에 걸쳐 입었다. 그 양복이 완전히 유행에 뒤처졌을 때도, 불룩 나온 배 때문에 몸에 꼭 맞는 그 능직 양복을 입는다는 게 불가능하게 여겨졌을 때에도. 언젠가 브뤼셀에서 시속 180킬로미터까지 내면서 직접 운전해 돌아오면서 장인은 바비큐맛 칩 한 봉지와 치킨 샌드위치 하나, 누가 초콜릿 하나를 먹었다. 5분도 안 되어 그는 그 양복과 안전벨트 때문에 질식해 황소개구리처럼 변해버렸다. 당시 그는 뚜껑이 열리는 푀조를 타고 있었는데, 파리에 도착할 때쯤 비둘기 한 마리가 그의 머리 위에 똥을 갈기고 말았다. 나는 눈으로 위트네르 부부를 찾는다. 그들은 콩다민 부부 바로 앞줄 끝자리에 있다. 자코브가 가장 끝에 있다. 겸손하고 침착한, 다른 사람들의 시선을 끌고 싶어하지 않는 사람 같군. 앙드레 타뇌가 강대 뒤에서 사회자 역할을 인계받는다. 드라이를 해서 뒤로 넘겨 높게 고정시킨 헤어스타일, 진한 밤색으로 염색한 머리카락(스테인드글라스를 통과한 빛 아래서 약간 보라색으로 보인다). 오딜과 장모의 사양에도 나가서 한 마디 하겠다고 한 건 바로 그다. 그는 준비한 메모지를 천천히 펼치고 그럴 필요도 없는데 마이크의 볼륨을 조절한다. "묵직한 그림자 하나가 골루아즈 담배와 귀족의 향기를 남기고 갑자기 사라집니다. 에른스트 블로가 우리 곁을 떠납니다. 오늘 이렇게 한 마디 할 수 있게 해주신 것에 대해 감사드립니다. 자네트. 제가 이렇

게 나온 것은 에른스트를 통해 우리가 잃는 게 사랑하는 존재만
은 아니기 때문입니다. 우리 역사의 행복한 시대를 잃는 겁니
다. 종전 직후 혼돈에 직면한 프랑스에 신자와 무신론자, 우익
과 좌익, 그 어떤 비전과 신념을 지닌 이들이라도 한데 모을 수
있는 뜻밖의 정당 하나가 출현했습니다. 현대화라는 정당이 그
것입니다. 그와 동시에 우리는 국가와 기업 조직을 재건하고 저
축을 다시 활성화시켜 성장의 동력으로 삼아야 했습니다. 우리
친구 에른스트 블로는 그 정당의 표상과도 같은 인물이었습니
다. 국립행정학교, 재무감찰국, 재무장관실, 고등은행haute
banque(부유층을 상대로 하는 개인은행-옮긴이), 안타깝게도 더 이
상 존재하지 않는 한 시대 속에서 삶의 선이 이어집니다. 그 시
대에는 행정학교 출신 공무원은 지식만을 앞세우는 고위 관리
가 아니라 건설자였고, 국가 자체가 보수적이 아니라 진보적이
었으며, 은행이 세계화된 카지노의 정신 나간 자금 공급처가 아
니라 생산 조직에 올곧게 자금을 조달하는 곳이었습니다. 그 시
대에는 똑똑한 이들이 경력이나 돈을 좇지 않고 공사를 막론하
고 허영심도, 사리사욕도 없이 조국을 위해 일했습니다. 에른스
트를 잃은 나의 슬픔은 크지만, 한 대가가 더 이상 자신과 닮지
않은 세상을 뜬다고 생각하면 위로가 됩니다. 평화롭게 쉬게나,
친구. 이 시대는 자네와 어울릴 가치가 없다네." 당신도 얼른

머리카락을 염색하는 게 좋겠는데. 내가 오딜에게 넌지시 말한다. 타뇌는 애통한 표정으로 입술을 비죽거리며 메모지를 접고자기 자리로 돌아간다. 대리석 바닥을 울리는 그의 발소리가 잦아들기를 기다려 사회자가 이름을 부른다. 장 에랑프리 씨 나오시겠습니다. 행정가, 사프랑울름 전기회사 총재 겸 대표이사를지낸 분이십니다. 다리위스 아르다시르가 장 쪽으로 몸을 숙이고 그가 일어나 목발을 짚는 것을 돕는다. 장이 신중한 걸음으로 절뚝거리며 강대를 향해 걸어간다. 여위고 창백한 얼굴에 베이지색 체크무늬 양복을 입고 노란 물방울무늬가 들어간 넥타이를 매고 있다. 그는 목발을 짚지 않은 한쪽 손을 작은 탁자 위에 올려 균형을 잡는다. 나무가 삐걱이며 소리를 낸다. 장은 에른스트의 관에 눈길을 준 다음 눈앞을, 홀 안쪽을 바라본다. 그는 종이도 안경도 꺼내지 않는다. "에른스트… 자네는 내게 말했지. 자네 장례식에서 내가 무슨 말을 해야 하지?라고 말일세. 그럼 나는 이렇게 대답했지. 무국적자인 늙은 유대인에게 찬사를 보내야지. 그때만큼은 좀 깊이 있는 인간이 되도록 애써봐라고 말일세. 난 자네보다 나이도 더 많고 병세도 위중했어. 이렇게 상황이 역전될 줄은 몰랐네… 우리는 정기적으로 서로 통화를 했지. 그럴 때면 늘 하던 말이 있었어. 자네 지금 어딘가?라는 말 말일세. 자네 지금 어디 있나? 우리는 일 때문에 종종 사방팔방으로 돌아다녔지만, 자네에센 플루구장 릭이 있었지. 생브리외 근처의 자네 집 말일세. 작은 골짜기에 집과 사과나무들이 있었어. 내가 자네에게 지금 어디냐고 물어서 자네가 플루구장 릭에 있다고 하면 난 그런 자네에게 질투가 났네. 자네는 정말 있어야 할 곳에 있었으니까. 자네에센 40그루의 사과나무가 있었으니까. 자네는 매년 사과주 120리터를 담갔어. 그 고약했던 사과주가 이젠 내 입맛에 꼭 맞는데⋯." 그가 말을 멈추고는 휘청거리며 강대에 몸을 기댄다. 사회자가 나서려다가 그만둔다. "말 그대로 거칠고 떫은, 플라스틱 병에 넣어 세제 뚜껑으로 닫아놓은 사과주였지. 코르크 마개로 막힌 부르주아들의 거품 이는 사과주와는 거리가 멀었어. 그게 자네의 사과주였네. 자네의 땅에서, 자네의 사과나무에서 난 거였지⋯ 지금 자네 어디 있나? 자네 어디 있나? 자네의 몸이 여기서 2미터 떨어진 저 관 속에 들어 있다는 건 알고 있네. 그런데 자네는 지금 어디 있는 건가? 최근에 내가 다니는 병원 대기실에서 한 환자가 이런 말을 하더군. 삶조차도 어느 순간 아무 가치도 없게 느껴진다고. 삶이 끝나갈 때 우리가 기운찬 반응으로 죽음에 맞서고 싶은 유혹(난 최근에 실내용 자전거를 샀다네)과 미지의 모호한 그곳으로 빠져들어가고 싶은 욕구 사이에서 흔들리는 게 사실일세⋯ 자네 그 어딘가에서 날 기다리고 있나, 에른스트? ⋯ 거기가 도대체…" 마지막 말은 내가 잘못 들었는지도 모른다. 그의 말소리가 너무 작아서 거의 알아들을 수가 없다. 어쩌면 내 예상과는 다른 말을 하려고 했는지도 모른다. 장이 입을 다문다. 그는 관을 향해 거의 완전히 돌아선다. 불편한 몸 상태를 드러내지 않기 위해 아주 조금씩 몸을 움직여서. 그의 입술이 굶주린 새의 부리처럼 벌어졌다가 닫힌다. 오른쪽 팔로 지팡이를 붙잡고 체중을 실은 듯 지팡이가 좌우로 흔들린다. 쓰러질 것 같은 그런 자세로 그는 시신의 귀에 속삭이듯이 뭐라 중얼거리며 한참을 서 있다. 이윽고 그가 다리위스 쪽을 바라보자 다리위스가 즉각 다가와 그를 도와 자리로 데려간다. 나는 오딜의 손을 잡는다. 그녀가 울고 있다. 사회자가 다시 마이크를 잡고 에른스트 블로의 관이 화장장으로 옮겨질 것이라고, 이는 고인의 바람에 따른 것이라고 알린다. 운구자들이 다시 관을 든다. 사람들이 자리에서 일어선다. 그들은 말없이 층계를 올라 터무니없이 높고 멀리 있는 것처럼 보이는 영구대에 이른다. 기계가 작동을 시작한다. 내 장인 에른스트가 사라진다.

오딜 토스카노

돌아가시던 해에 네 할머니는 치매 증상이 좀 있었단다. 마르그리트 고모가 말한다. 마을에 아이들을 데리러 가야겠다고 하셨지. 그래서 내가 말했어. 엄마, 엄마 자식들은 이제 아이들이 아니에요. 아냐, 아이들이야. 나는 그 애들을 집에 데리고 와야 해. 그래서 우리는 엄마의 아이들을 데리러 프티크빌리를 향해 떠났단다. 난 그 기회를 이용해 어머니를 좀 걷게 할 생각이었어. 그러니까 60년 전의 나와 에른스트 오빠를 데리러 가다니 좀 웃겼어. 기차가 렌을 지났다. 마르그리트 고모는 창가 쪽 로베르 옆에 앉아 있다. 그 여행 처음부터 대화를 독점한 사람은 고모다. 고모는 띄엄띄엄 고인들과 보낸 다양한 계절을 되살리며 오직 나한테만 이야기를 건넨다(다른 두 사람은 속을 알 수 없는 혼자만의 생각에 빠져 있다). 우리는 복도 쪽으로 열리는 새로운 현대식 기차 칸에 앉아 있다. 엄마 자리는 고모 맞은편이다. 고모는 우리 사이에 '고 스포츠' 가방을 놓아두었다. 그녀는 그 가방을 기차 선반에 올리고 싶어하지 않았다. 로베르는 우리가 갱강에서 기차를 갈아타야 한다는 것을 안 뒤 줄곧 골이 나 있다. 그렇게 된 건 내 비서의 실수 때문이다. 내 비서가 갈 때는 갈아타야 한다는 조건이 붙은 파리-게르농제 간 왕복표를 끊었던 것이다. 몽파르나스 역에서 그걸 알게 된 로베르는 자동차로 갔으면 아주 간단했을 텐데 일을 항상 복잡하게 만든다고 우리를 비난했다. 그는 유골함이 든, 검은 바탕에 분홍색 얼룩무늬가 들어간 '고 스포츠' 가방을 들고 오만한 태도로 먼저 플랫폼으로 나갔다. 엄마가 왜 그 가방을 선택했는지 도저히 이해할 수 없다. 고모도 이해가 되지 않았던 모양이다. 조용히 내게 이렇게 물었던 것이다. 어째서 네 엄마는 네 아버지의 유골을 저런 가방에 담았다니? 좀더 고상한 여행 가방 같은 건 없었니? 기차의 유리창을 통해 황량하고 음울한 차고 및 공장 지대가 스쳐 지나갔다. 멀리 택지와 갈아엎은 땅이 보인다. 나는 좌석 등받이를 뒤로 밀려고 씨름 중이다. 등받이가 내 몸을 앞으로 밀어내는 듯한 느낌이 든다. 로베르가 나에게 뭐 하는 거냐고 묻는다. 내가 그의 독서를 방해하고 있다는 뜻이다. 그는 한니발 전기를 읽고 있다. 책표지에 로마 시인 유베날리스의 문장이 제사題辭인 양 인쇄되어 있다. "한니발의 유해, 그 무게를 달아보라. 이 유명한 장군에게 얼마나 많은 책이 바쳐졌던가?" 엄마는 두 눈을 감고 있다. 두 손을 허벅지 위에 올려놓고 기차의 움직임에 몸을 맡기고 있다. 불편할 정도로 야무지게 집어넣은 블라우스 위로 치마허리가 허리선보다 너무 높게 올라가 있다. 내가 엄마를 이렇게 들여다보는 건 정말 오랜만이다. 아무도 관심을 가지지 않는 지쳐 보이고 뚱뚱한 아줌마의 모습. 내 어린 시절 카부르에서 엄마는 허리를 조이는 모슬린 원피스

　　　　　　　　　　行복해서 행복한 사람들

를 입고 산책길을 걸었다. 하늘하늘한 원피스를 입고 엄마는 바람 속에서 캔버스 천으로 된 장바구니를 달랑거리며 걸었다. 기차가 랑발에 서지 않고 지나쳤다. 그곳의 주차장과 빨간 의원 건물(마르그리트 고모가 거의 고함을 질러대며 우리에게 그 사실을 알려주었다), 역 건물, 요새화된 성당을 알아볼 시간은 있다. 지독한 안개 때문에 모든 형태가 확실치 않다. 나는 뼛가루가 되어 스포츠 가방 속에 담겨 유년의 도시를 마지막으로 지나가고 있는 아빠를 생각한다. 갑자기 레미가 보고 싶다. 즐거워지고 싶다. 파올라가 말한 그 가슴 뻐근한 감정을 내가 혹시 레미에게 느끼고 있다면? 가엾은 파올라. 뤼크에게 끌려다니다니(로베르가 이 사실을 알고 있는지 궁금하다). 내가 품이 넓은 친구였다면 그녀를 레미 글로브에게 소개했을 것이다. 그들은 서로를 마음에 들어했을 텐데. 하지만 레미는 나 자신을 위해 남겨두고 싶다. 레미는 나를 로베르로부터, 시간으로부터, 모든 종류의 우울로부터 구해준다. 어젯밤 로베르와 나는 말없이 어둠 속에 오랫동안 누워 있었다. 한순간 내가 말했다. 그럼 지금 자코브는 자기 아빠 리오넬을 뭐라고 생각하는 거야? 로베르는 생각해보는 듯했다. 그도 모르고 있는 것이다. 기차가 생브리외에 선다. 똑같아 보이는 하얀 집들이 긴 띠를 이루고 있다. 플랫폼 약간 들어간 곳에 브르타뉴 플루아레 스타를레트의 협동조합매

점으로 쓰이던 기차 칸이 좌초한 듯 서 있다. 가엾은 위트네르 부부. 어떻게 그런 일이 일어날 수 있었단 말인가? 기차가 다시 출발한다. 마르그리트 고모가 말한다. 다음 역은 갱강이야. 플루구장 릭에 갈 때면 우리는 생브리외에서 내렸다. 난 그 너머로는 가본 적이 없다. 아빠는 나를 플루구장 릭 너머로 데려간 적이 없다. 아빠는 그 외진 시골의 곰팡내 나는 집을 샀다. 그 집을 아빠는 매우 좋아했고 엄마와 나는 증오했다. 수갑과 유두 집게를 가져온 건 뤼크야 하고 파올라가 내게 말했다. 레미는 그런 종류의 일은 생각조차 하지 않는다. 어쨌든 나라면 직접 그런 걸 사러 가지 않을 것이다. 인터넷으로 구입하는 걸까? 그 물건을 어디로 배달시킨단 말인가? 갱강이야. 고모가 외친다. 기차가 금방 떠나기라도 할 것처럼 우리는 서둘러 자리에서 일어선다. 로베르는 '고 스포츠' 가방을 움켜쥔다. 고모와 엄마가 문 쪽으로 서둘러 걸어간다. 갱강에 내린다. 브레스트라는 글자가 인쇄된 유리 표지판이 울타리에 걸려 있다. 고모가 말한다. 여기서 기다리자. 축축한 바람 한 줄기가 목을 휘감는다. 내가 말한다. 날이 추워요. 고모가 반박한다. 그녀는 누군가 브르타뉴 지방을 나쁘게 말하는 걸 좋아하지 않는다. 그녀는 연보랏빛 재킷을 입은 뒤 목까지 단추를 잠그고 있다. 어깨에는 실크 머플러를 두르고 있다. 사랑하는 사람과 약속이라도 있는 것처럼 매무새에 신경을 썼다. 플랫폼 한가운데에 있는 유리 부스 안의 하나뿐인 긴 의자에 사람들이 줄지어 앉아 있다. 짐 가방 더미를 앞에 놓고 서로 다닥다닥 붙어 앉아 있는 생기 없는 여행자들. 내가 묻는다. 엄마, 좀 앉으실래요? 저 안에 말이니? 물론 거긴 아니죠. 엄마는 이런 상황에 맞게 굽 낮은 신발을 신고 있다. 엄마가 구식 벽시계 쪽을, 이어 하늘을, 어딘가로 천천히 흘러가는 구름을 바라본다. 엄마가 말한다. 내가 지금 무슨 생각하는지 아니? 내 작은 오스트리아 소나무 생각을 하고 있단다. 오늘 그 나무 꼭대기가 정말 보고 싶구나. 엄마는 플루구장 릭의 사과나무들 한가운데에 오스트리아 소나무 한 그루를 심었다. 값이 좀더 쌌기 때문에 15센티미터짜리 나무 한 그루를 샀다. 시몽의 증손자와 함께 그 주위를 산책할 때까지 살아 있을 거라고 생각했던 것일까. 로베르가 말한다. 운이 좋았다면 그 나무는 지금 장모님 어깨 높이 정도로 자랐을 거예요. 그동안 사람들이 그걸 잡초인 줄 알고 뽑아버리지 않았다면 말이에요. 우리가 웃음을 터뜨렸다. 가방 속에서 아빠가 웃는 소리를 들은 것도 같다. 이윽고 엄마가 말한다. 주위에 사과나무들이 많아서 자리가 비좁아 못 자랐을지도 몰라. 로베르가 플랫폼 끝을 향해 몇 걸음 떼어놓는다. 그의 윗옷 등판이 구겨져 있다. 그는 문제의 여행 가방을 쥔 채 텅 빈 플랫폼 위에서 무슨 파노라마 같은 풍경이라도 찾으려는 듯 선로를 따라 한 걸음 한 걸음 걷는다. 갱강에서 게르농제까지 가기 위해 우리가 탄 기차가 오래된 철로 위에서 요란한 소리를 낸다. 유리창이 더럽다. 차창으로 가 건물, 씨앗 창고들이 보이더니 이윽고 난간과 무성한 잡초가 시야를 가로막는다. 모두 별 말이 없다. 로베르가 한니발을 덮고 (며칠 전 그는 나에게 그 책이 얼마나 대단한지에 대해 말했다) 자신의 블랙베리를 들여다본다. 게르농제다. 날씨가 갠다. 역에서 나오자 회색 지붕을 인 하얀 건물들로 둘러싸인 주차장이다. 광장 맞은편에는 이비스 호텔이 있다. 마르그리트 고모가 말한다. 전에는 이렇지 않았는데. 자동차들이 주차 요금 계산기와 가로등, 나무 말뚝 속에 갇힌 어린 나무들 한가운데에 주차되어 있다. 전에는 이 모든 게 없었는데. 고모가 말한다. 이비스 호텔도 없었고 말이야. 이 모든 게 최근에 생겼어. 고모가 엄마의 팔을 잡는다. 우리는 로터리를 지나간다. 우리는 덧문이 내려진 인적 없는 집들이 늘어 서 있는 좁은 인도 위를 걷는다. 길이 휘어져 있다. 양방향으로 지나가는 자동차들이 우리를 스칠 듯 가까이 지나간다. 저기 봐, 다리야. 고모가 말한다. 다리요? 브레브 강의 다리 말이야. 나는 그 강이 역에서 이렇게 가까우리라고는 예상하지 못했다. 이 행진이 이렇게 짧을 거라고는 생각지 못했다. 고모가 맞은편 건물을 가리키며 말한다. 저 바로 뒤가 할머

행복해서 행복한 사람들

니 할아버지 집이었어. 그 집은 반이 허물어졌지. 이제는 세탁소가 되었어. 가서 볼까? 그럴 필요 없을 것 같아요. 저 건물 자리에는 공원이 있었고, 그 공원 안에 브레브 강의 강물을 이용한 빨래터가 있었지. 우리는 거기서 놀았어. 내가 묻는다. 고모와 아빠는 방학마다 게르농제로 돌아오셨어요? 여름 방학엔 돌아왔지. 부활절 방학에도. 하지만 부활절은 슬펐단다. 다리가 검은 쇠난간으로 둘러싸여 있다. 거기에 꽃들이 화분에 담겨 매달려 있다. 차들이 꼬리에 꼬리를 물고 지나간다. 멀리 건물들이 꽤 많이 들어서 있는 언덕을 보고 어김없이 고모가 말한다. 저 위는 그저 녹음뿐이었는데. 유골을 뿌릴 곳이 여기예요? 엄마가 묻는다. 언니가 원한다면요. 고모가 대답한다. 난 원하는 거 아무것도 없어요. 엄마가 말한다. 저 맞은편은 왜 안 되죠? 더 예쁘잖아요. 왜냐하면 물이 이쪽으로 흘러가니까요. 로베르가 말한다. 저 부동산은 최근에 생긴 것 같은데. 고모가 맞은편 제방을 따라 난 길을 가리키며 말한다. 아가씨, 부탁인데요. 이 동네에 예전에 뭐가 있었는데 이젠 없다는 말 좀 그만해요. 다들 그런 것에 관심 없어요. 아무도 관심이 없다고요. 엄마가 말한다. 고모가 얼굴을 찌푸린다. 상황을 녹여줄 그 어떤 말도 내 머릿속에 떠오르지 않는다. 나도 엄마랑 같은 생각이니까. 로베르가 '고 스포츠' 가방을 열어 금속 유골함을 꺼낸다. 엄마가 사방을 둘러본다. 대낮에 차와 사람들이 오가는 가운데 이런 일을 하다니 끔찍하구나. 어쩔 수가 없어요, 엄마. 무슨 이런 일이 다 있다니. 로베르가 묻는다. 어느 분이 뿌리시겠어요? 자네가 뿌리게, 로베르. 엄마가 말한다. 오딜이 하면 왜 안 되죠? 고모가 묻는다. 나는 그 유골함에 손도 댈 수 없다. 화장터에서 사람들이 그걸 우리에게 넘겨준 이후, 그 물건을 만지는 게 내게는 불가능해졌다. 내가 말한다. 엄마 말씀이 맞아. 당신이 해. 로베르가 맨 윗뚜껑을 열어 내게 준다. 나는 그것을 받아 가방 속에 급히 넣는다. 로베르가 속뚜껑을 돌려놓기만 하고 들어 올리지는 않은 채 잠시 기다린다. 난간 너머로 한쪽 팔을 내민다. 여자들은 겁에 질린 새들처럼 서로 몸을 붙이고 있다. 로베르가 속뚜껑을 들어 올리고는 유골함을 뒤집는다. 회색빛 뼛가루가 쏟아져 대기 중에 흩어지면서 브레브 강 위로 떨어져 내린다. 로베르가 나를 꼭 껴안는다. 우리는 강가를 따라 나무들이 검은 점처럼 줄지어 있는, 잔물결이 일렁이는 고요한 시내를 바라본다. 우리 뒤로는 차들이 점점 더 요란한 소리를 내며 지나간다. 마르그리트 고모가 화분의 하얀 꽃 한 송이를 꺾어 강 위로 던진다. 꽃이 지나치게 가볍다. 왼쪽으로 날아가 떨어져 내리다가 물속으로 빠지기 직전 방향을 틀어 돌무더기 위에 내려앉는다. 인도교 너머에서 아이들이 카누·카약 행진을 준비하고 있다.

　　　　　　　　　　　　　　　행복해서 행복한 사람들

유골함은 어떻게 하지? 엄마가 묻는다. 버리죠 뭐. 로베르가 대답한다. 그는 그것을 가방 속에 다시 넣어두었다. 어디에? 쓰레기통에요. 저기 벽 쪽에 쓰레기통이 있네요. 내가 역을 향해 걷자고 제안한다. 기차를 기다리는 동안 제가 음료 한잔 살게요. 우리는 다리에서 내려선다. 나는 물을, 노란 부표들이 만드는 선을 바라본다. 아빠에게 작별 인사를 한다. 입맞추는 시늉을 한다. 모퉁이의 벽에 이르자 로베르가 쓰레기통 속에 '고 스포츠' 가방을 밀어넣으려 애쓴다. 자네 지금 뭐 하나, 로베르? 어째서 그 가방까지 버리려는 거지? 이 가방은 흉해요. 쓸 데가 없을 거예요, 장모님. 아냐, 그렇지 않아. 물건을 담아 가지고 다니면 돼. 버리지 말게. 내가 끼어들었다. 엄마, 이 가방은 아빠의 유골을 담았던 거잖아요. 더는 다른 목적으로 쓸 수 없어요. 그렇게 어리석은 말이 어디 있니. 엄마가 말한다. 우리는 이 가방에 단지 하나를 담았던 것뿐이다. 로베르, 부탁인데 그 빌어먹을 유골함을 꺼내 던져버리고 그 가방은 내게 돌려주게. 이 가방은 10유로짜리밖에 안 된다고요, 엄마! 난 이 가방을 가져가야겠다! 도대체 왜요? 이유 같은 거 없어! 여기까지 오는 것만으로도 나는 이미 충분히 바보 같은 짓을 했어. 이제 사태를 좀 정리해야겠다. 이제 네 아버지는 자기가 원하던 강에 있고, 모든 게 완벽해. 그러니 난 내 가방을 가지고 파리로 돌아갈 거야. 그 가방을 나한테 주게, 로베르. 로베르가 내용물을 비우고 가방을 엄마에게 내민다. 내가 그의 손에서 가방을 낚아챈다. 엄마, 제발 부탁이에요. 이건 괴기스럽다고요. 엄마가 신음을 내지르며 가방 손잡이를 움켜쥔다. 이건 내 가방이야, 오딜! 나는 소리를 지른다. 이 빌어먹을 물건은 게르농제에 남아 있어야 해요! 나는 그것을 벽 쪽에 있는 쓰레기통 속으로 쑤셔 박는다. 갑자기 찢어지는 듯한 흐느낌 소리가 들린다. 고모가 양손을 들어 올린 채 무슨 피에타 상처럼 고개를 들어 하늘을 바라보고 있다. 나는 울기 시작한다. 결국 이렇게 됐구나. 참 잘도 했다. 엄마가 말한다. 로베르가 엄마를 진정시키고 쓰레기통에서 발길을 돌리게 하려고 애쓴다. 엄마는 조금 저항하다가 이윽고 로베르의 팔에 매달려 좁은 인도 위로 올라선다. 돌벽에 스칠 정도로 몸을 비틀거리면서. 나는 걸어가는 두 사람을 바라본다. 로베르의 머리카락은 너무 길고, 윗옷의 등판은 구겨졌으며, 주머니에서 '한니발'이 비어져 나와 있다. 단화를 신은 엄마의 치맛자락이 외투 밖으로 나와 있다. 아빠의 죽음으로 두 사람 가운데 로베르가 더 고아 같다는 생각이 든다. 고모가 코를 푼다. 고모는 소매 속에 손수건을 넣어 가지고 다니는 그런 성향의 여자다. 나는 고모를 얼싸안는다. 고모의 손을 잡는다. 그녀의 따뜻한 손가락들이 내 손바닥에 얽히더니 힘을 주어 꼭 잡는다.

우리는 엄마와 로베르로부터 몇 미터 떨어져서 인도를 걷는다. 길이 끝나고 역 주차장 앞에서 고모가 붉은 벽돌로 테두리 쳐진 출입구가 있는 나지막한 집 앞에서 걸음을 멈춘다. 그녀가 말한다. 에른스트 오빠가 영화 〈철로변 전투〉에 출연한 장소가 바로 여기야. 여기라고요? 그래. 할머니 할아버지가 말해주셨어. 내가 태어나기 전이었대. 오빠는 지금은 없어진 주점 앞에서 엑스트라들 속에 서 있었대. 사람들이 건초 수레를 찍고 있었지. 오빠는 바로 뒤에 서 있었대. 오빠 생각엔 적어도 자기 다리는 영화에 나올 거라고 여겼대. 고모와 나는 네거리에서 로베르랑 엄마와 합류했다. 오빠는 그 영화를 다섯 번인가 여섯 번 봤어. 늙어서까지도 말이야. 언니가 그 증인이잖아요, 자네트 언니. 오빠는 일곱 살 때의 자기 다리를 볼 수 있을까 하고 텔레비전에서 그 영화를 보고 또 보고 했잖아요.

장 에랑프리

"몇 년 전 일 생각나나, 에른스트. 자네가 플루구장 릭을 팔기 전에 우리, 그러니까 자네와 나는 그곳에서 낚시를 했지. 자네는 낚시 도구 일습을 사두기만 하고 그때까지 한 번도 사용한 적이 없었지. 우린 숭어인지 잉어인지, 아니면 자네 집 근처 강에 사는 무슨 다른 민물고기인지를 잡으러 갔네. 오솔길을 걸으며 우린 터무니없게도 행복했지. 나는 그때까지 한 번도 낚시를 해본 적이 없었고, 자네도 바닷가의 몇몇 갑각류를 잡아본 것 외에는 경험 없기는 마찬가지였어. 그로부터 반시간, 어쩌면 그것도 안 되어 뭔가가 바늘에 걸렸어. 자네는 기쁨에 차서 줄을 당기기 시작했지. 나는 자네를 도와주었던 것 같아. 이윽고 우리는 낚싯줄 끝에서 겁에 질린 채 몸을 비틀어대는 작은 물고기를 보았지. 하지만 우리가 도리어 겁에 질렸어. 이윽고 자네가 말했지. 우리가 무슨 짓을 한 거지? 우리가 무슨 짓을 한 거냐? 내가 소리쳤어. 저걸 놓아줘. 저걸 놓아줘! 자네는 그 물고기의 입에서 낚싯바늘을 빼고 그것을 다시 강에 놓아주는 데 성공했어. 그 즉시 우리는 가방을 쌌어. 돌아오는 길에는 좀 짓눌린 기분으로 한 마디도 나누지 않았지. 그런데 갑자기 자네가 걸음을 멈추더니 내게 말했네. 우리 두 사람 큰일을 한 것 같은걸."

행복의 재능, 행복의 의지

오딜 토스카노는 석면 피해 노동자들을 위해 일하는 변호사로 경제 칼럼니스트인 로베르 토스카노와의 사이에 두 아들이 있다. 슈퍼마켓에서 말다툼을 벌이고 침대에서 신경전을 벌이면서도 서로에게 일정하게 필요한 존재임을 알고 있는 이 평범하다면 평범한 부부, 오딜에게는 레미 그로브라는 애인이 있고, 로베르는 친구 뤼크 콩다민이 아내 모르게 사귀던 파올라 쉬아레스를 소개받기로 한다. 오딜의 부모인 에른스트 블로와 자네트 블로의 사이는 최악이다. 평생을 해로한 이 결혼의 실체는 무서울 정도로 황량하다. 에른스트는 자네트를 무시하고 자네트는 에른스트를 증오하는데, 그러면서도 괜찮은 부부로 보이기를 원한다. 라울 바르네슈는 아내 엘렌을 사랑하지만 언제나 게임이 우선이고, 자신과 함께 있는 걸 최우선으로 삼지 않는 남편에게 지친 엘렌은 30년 만에 버스에서 만난 옛 남자가 내민 손을 잡는다. 아름다운 여배우 룰라 모레노는 한사코 정복되지 않는 남자 다리위스 때문에 속을 끓이고, 수많은 여자와 염문을 뿌리던 다리위스는 정작 평생 처음으로 정원사와 바람이 난 아내의 한 방에 녹아웃된다. 아, 그런데 엘렌이 포기한 라울에게 자네트는 호감이 담뿍 담긴 눈길을 보낸다. 그것도 다름 아닌 남편의 장례식장에서. 에른스트 블로는 아내의 반대에도 불구하고 자신이 원하던 대로 마침내 화장터의 문 너머로 사라진다.

이 작품을 이루는 21편의 짧은 소설에서는 18명의 인물이 각각의 상황을 통해 자신들의 입장을 드러내는데, 각 인물들의 관계를 알고 있는 독자로서는 일인칭 시점의 내밀함과 전지적 시점의 포괄성을 동시에 선사받는다. 뤼크 콩다민이 친구들에게 지독히도 말을 듣지 않는 자기 딸을 채찍으로 때렸다는 말을 하자마자 리오넬이 반문한다. 자네 개 기르나? 그 한 마디로 독자에게 파올라와의 혼외정사에서 특수 집게를 사용하는 뤼크의 성적 취향을 환기시킨다. 감히 말하건대, 이런 식의 기지를 참

오랜만에 프랑스 문학에서 본다.

인물들이 바로 눈앞에서 싸움을 벌이고 옷을 벗는 듯한 실감나는 현장성과 현재성은 작가가 오랫동안 연극계에 몸담고 희곡을 써온 데서도 기인할 것이다. 반은 이란인, 반은 러시아인인 유대계 엔지니어와 헝가리 출신 바이올리니스트 사이에서 파리에서 태어나 성장한 야스미나 레자는 낭테르에서 연극과 사회학을 공부했다. 누보 로망의 선구자 나탈리 사로트의 영향으로 희곡을 쓰기 시작해 많은 작품을 썼다. 이 작품에서처럼 행갈이가 없어 혼란스러운 만큼 여운과 해석을 풍부하게 하는 대화법은 누보 로망의 영향으로 꼽힌다. 저자는 작가로서뿐 아니라 배우, 연출가, 영화감독으로도 활동했다. 1995년 파리에서 초연된 작품 〈아트〉로 몰리에르 최고작가상, 로렌스 올리비에상을 받았다. 작품 〈아트〉는 15개국어로 번역되어 35개국에서 공연된 작품으로 물론 우리나라에서도 공연되어 국경을 넘는 남자들의 수다와 우정의 호소력을 확인시켰다. 또한 작가가 직접 각색하고 로만 폴란스키 감독이 만든 영화 〈대학살의 신〉으로 세자르 최우수 극본상을 받기도 했다. 일상의 평범한 사건들 속에서 삶에 대한 사유를 이끌어내는 데 일가견이 있는 작가는 개인 간의 소통과 공감의 부재, 그로 인한 개인의 소외와 고독을 몸의 원시성과 삶의 무상성을 건드리면서 박진감 있고 현장감 넘치게 풀어놓는다. 파리를 본거지로 인간의 허위의식을 꼬집는 탁월한 희곡을 써온 작가는 이 작품으로 연극 무대가 아니라 책으로 독자와 직접 만난다.

　책의 원제는 서두에 나와 있듯이 보르헤스의 말에서 따온 것으로, 보르헤스는 다시 '마태복음 5장'에 나오는 예수의 가르침에서 옮겨온 것으로 보인다. 그러므로 원제를 우리말로 직역하면 "지금 행복한 사람들은 행복하다" 정도가 된다. 단지 현재 결혼제도의 실상과 모순을 파헤치는 데 그치지 않고 인간 본성에 대한 가차 없는 탐색으로만 얻을 수 있는 통찰을 담고 있는 이 작품의 키워드는 사랑과 죽음, 다시 말해서 삶과 죽음이다. 삶을 해부하는 그녀의 펜은 엄정하고 날카로워 귀스타브 플로베르를 연상시킨다. 그녀는, "우리의 악습과 미덕을 날카롭게 파헤치고"(《르 푸앵》), "드문 예리함으로 상황과 대화를, 완벽한 감각으로 환멸과 균열을 짚어낸다(《리르》). 그리하여 이 소설을 읽으면서 독자는, 아니 열아홉 번째 인물로 이름을 올려도 전혀 어색하지 않을 정도로 등장인물들과 닮아 있는 우리는 좀더 근원적인 도덕과 윤리에 대해 생각하게 된다. 살아 있는 한 우리는 변할 수밖에 없고, 변화하는 것이 감정이든 관계든 변화 자체는 가치중립적인 것이 사실이므로.

　야스미나 레자 자신이 가장 공감하는 인물이라고 했던 샹탈 오두앵은 '커플'들의 허위의식이 사실은 기득권을 수호하려는 데서 나온다고 진단한다. 물론 독자는 놓치지 않는다. 자기 남편의 정부 앞에서 아름답게 보이려는 최소한의 노력도 기울이지 않은 채 허름한 차림으로 〈르 몽드〉를 읽고 있는 법적인 아내 앞에서, 약속을 잡자마자 서둘러 미용실을 예약하고 입고 나갈 옷을 고르는 데 1시간을 소비한 후 떨쳐입고 나선 정부의 계산된 아름다움이 얼마나 딱한지를. 그러니, 이 삶을 어떻게 살아내야 하나. 우리는 다시 묻는다. 사랑은 언제라도 움직일 수 있는 가변적인 감정인가, 아니면 어떤 경우에도 자신의 약속을 지키는 책임의식인가. 그 둘 다의 행복한 조합이라는 말은 순간순간만 진실이다. 그렇다고 커플의 길을 버리고 혼자 걷는다 해도 자기와 타인의 위선에 직면해야 한다는 건 같은 이유로 거의 필연인 것을. "삶, 특히 커플의 삶에 대한 잉마르 베리만을 연상시키는 놀라운 소설"(〈누벨 옵세르바퇴르〉)이라는 찬사가 허투루 읽히지 않는다.

이런 삶의 장면 장면을 죽음이 엿본다. 삶의 찰나성, 몸의 원시성과 욕망들, 제도의 허상, 그럼에도 끊임없이 환기해야 하는 삶의 각 자리에서의 책임이 있다. 그 불변의 가치에 담긴 진정성과 믿음이 이 작품의 관심사가 아님은 분명하지만, 놀랍게도 작가는 우리가 모두 죽을 존재임을 환기시킴으로써 이 문제에

행복해서 행복한 사람들

역설적으로 다가간다. 그 길에서 독자는 뜻하지 않은 삶의 역경 속에서 서로를 소박하게 지지하는 위트네르 부부를 만난다. 그러므로 이 작품은 제도를 넘어 자유의 길로 가자는 구호가 될 수 없다. 죽음을 떠올림으로써 얻게 되는 통찰만큼 유효기간이 긴 방부제가 있을까.

자신의 뼛가루를 어디에 뿌릴까를 두고 고심하던 에른스트 블로는 이제 이 세상에 없다. 그러나 그에 대한 기억은 남는다. 그의 아내보다 그를 더 이해했던 사위 로베르 토스카노의 말대로 그 장례식에 참석한 모든 이 역시 죽을 것이다. 기억을 남기고. 장 에랑프리는 내가 들은 것 가운데 가장 감동적인 조사에서 이렇게 묻는다. "자네 지금 어디 있나Ou es-tu?" 그가 어디 있는지는 모르지만 그곳에 우리가 지금 가진 것 어느 하나도 가지고 갈 수 없다는 건 안다. 혹시 기억이라면 몰라도. 그러니 삶에서 우리가 해야 할 바는 아름답게 행복하기!

2014년 7월
김남주

행복해서 행복한 사람들

첫판 1쇄 펴낸날 2014년 7월 11일

지은이 l 야스미나 레자
옮긴이 l 김남주
펴낸이 l 박남희

종이 l 화인페이퍼
인쇄 l 청아문화사
제본 l 정민제본

펴낸곳 l (주)뮤진트리
출판등록 l 2007년 11월 28일 제318-2007-000130호
주소 l 서울시 영등포구 양평동 2가 37-2 양평빌딩 301호
전화 l (02)2676-7117 팩스 l (02)2676-5261
E-mail l geist6@hanmail.net

ⓒ 뮤진트리, 2014

ISBN 978-89-94015-68-2 03860

• 잘못된 책은 교환해드립니다.